内田也哉子

新装版

ペーパームービー

paper movie

朝日出版社

こんにちは（新装版まえがき）

むかし、むかし、大人になりかけの少女が、手紙を書きました。その便りはどういうわけか、ガラスの瓶に詰められ、川に流され、ゆらゆらと海を漂《ただよ》い、めずらしい景色やいきものたちと出会う旅に出ました。やがて、二十六年という月日が経ったある日、こつんと陸にたどり着きました。

そうです。あなたが今、手に取っているのは、その長い漂流の旅から舞い戻った手紙なのです。つたなかったり、かすれていたり、大変読みづらいと思いますが、もしもよろしければ、開いてみてください。

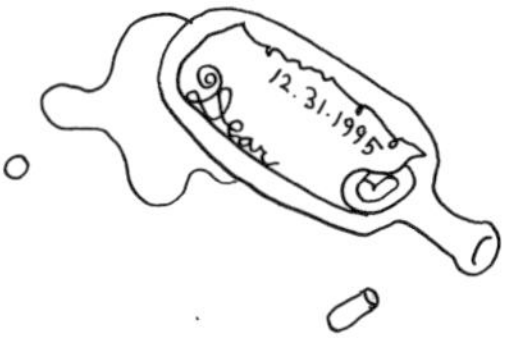

ペーパームービー

ごあいさつ

はじめまして。

私は也哉子といいます。

この本の中の文章を書いたのは私です。

でも、私は文章を書く専門家ではありません。今まで書いた文章といえば、友達への手紙か、学校の宿題の感想文くらいです。なんでそんな人が本を出せるの？

私もそう思います。

世の中に不思議なことが、いっぱいあります。これも、きっとその中のひとつです。

ちょっと、頼りない感じですが、もしよかったら、私のある日、見てみて下さい。

どうぞよろしく。

オモイガケナク（まえがき）

ツヤツヤのあずき色で、太くて、重みがあって、金色の細い字でyayakoと刻まれていて、おまけに星印もついているモンブランのシャープペンシルを嬉しそうに眺める私。

あー、こんなスゴそうなもの、何で私が持ってるんだっけ？　アレ、大学の入学祝い？は昨年のことだし……。

頭の回転が遅い私に、その時ばかりはカミナリが落ちた。

ワッ！　そうだ！　これは、ちょっと大変そうな意味のついた贈り物だったんだ。まだ三回ぐらいしか会ったことがない秋山さんていう人に、「アナタ文章ヲ書イテミナサイ」と言われて「文筆家」としての第一歩の記念にプレゼントされたものだったのだ。

そういえば、原稿用紙もいっぱいもらったんだよな。でも私の書いた文章をほぼ読んだことない人がどうしてそんなこと言うんだろ？　うーん、ちょっと困った。いやいや、ずいぶん困った。

書くって何だろ……、文章って何だろ……、自分が思ってるとか、思ってたとか、思うだろうことを想って言葉を並べてくこと？　うーん、今までだって、それらしきことはしたことあるけど、改めて書くってことをすすめられて、今回それがとてもおおごとの様におしよせてきた。

今まで書いたものって何だろう。学校の宿題の感想文。でもアレには、良い思い出がない。自分の心が動かされたことを、言葉にするのがあまり好きではなかったし、そうすることによって何だかその気持ちが消えていってしまう気がした。単に、そういうものは、自分の心の中だけにとっておきたいタチの少女《こども》だったのだけれど、このタチには自分でもほとほと嫌気がさしていた。なにせ、毎回宿題が出る度に、その「イヤダ、モッタイナイカラオシエナイ心」と、「デモソシタラ宿題終ワラナイゾ心」との葛藤だったのだから。

そういえば、五年日記というものを付けたことがある。毎日、五、六行のスペースに色んなことを書き込んでくうちに、前の年の同じ日に書いたことも見れるようになる。五年目にもなると、過去四年間の記録がいっぺんに見れてしまう。当たり前のしくみとはいえ、ひどく感心したわけだ。けれども、その感動は持続することなく、次なる挑戦の十年日記という存在はいつの間にやら私の前から消え去っていった。

まったく、私には楽しく書くってことができないのか!?

そういえば、手紙……、そうだ手紙だ!

スイスの学校に通うようになってからは手紙をよく書いてたじゃないか。

もっとも私の書いた手紙は、送る相手に失礼なものばかりだった気がする。たいてい文通ってものは、片方が出せば、すぐまた相手も返事を出すという、キャッチボール方式に沿うことが多いはずだが、私の場合、決まって相手が忘れた頃に届く、思いがけない手紙を書くのが常だった。

まあ、これは単に、私が筆まめじゃなかったことも理由としてあるが、決してそれだけではない。私は、「オモイガケナク」ということにこだわっていたのだ。

とにかく、思いがけなく起こるということに、私は大変に魅かれてしまう性質で、この場合も、相手もその思いがけなさに心が踊るのでは、と勝手に思い込み、意図的に手紙の返事を遅らせていたのである。しかし、その結果、やはりなかには、返事がなかなか来なくてちょっと頭に来てしまう友人もいたようだ。その人たちには悪いが、私には唯一幸せな気分で書けるものとして、手紙だけは、好き勝手にやらせて欲しいと今でも思っている。それに、先方がすっかり忘れた頃に届く私の手紙には、多大な愛情のぬくもりがこもっているに違いない！

そんなリキむほどのことではないのだった。

そんなことよりも、私は手紙を書くという行為を通じて得た、数々の貴重な出会いをしみじみと思い起こしたいだけなのだ。

留学先で手紙を書くという喜びを味わい始めた私は、休みになって日本に帰る度に、次々と新しい文通相手を見つけて、幸せ一杯に学校へ戻っていった。

ほんのちょっと前に初めて出会った人でも、早速、住所を聞き出して次の瞬間には、もう、その人にあてる手紙の内容とイメージで頭の中は一杯になっていた。相手が未知な存在であればある程、私にはありがたいものとなった。なぜなら、「構想作業」という楽しい時間がそこに生まれるのだから……。

手紙の書き方は、まず書く素材選びに始まり、次に書く道具選び、書体選び、それから、内容構成に工夫をこらして出来上がり。とはいえ、ほとんどこんな風にことを慎重に計画立ててやっていたおぼえはなく、だいたいいつもなんとなくの感で作り始め、いつの間にか一人で納得して出来上がっているのだ。

しかしまあ、何と言っても、一番ワクワクしてくるのは、目の前に用意した紙（どんな色でもそれなりに仕上がるけど、やっぱり白。素材がシンプルであればあるほど、自分がプラスしていく色々な工夫がひき立ってくるから）に初めて道具（勿論書けるものならなんでも良いが、結局、決まった空間に文章などを書くのだから、選択肢はそれなりに少なくなってしまう。というわけでよく使うのは、細めの水性マジックペンや、かっちりした書き味のボールペンなど）が触れる時。それは、たいていのものが始まりを肝心とするのと同じ様に、さあ、このまっさらのスペースのどこから始めようかと思う瞬間に、自然と体の奥から沸き上がってくるとってもうれしい感情なのだ。

そういえば、私の学生生活に重大な変化をおよぼすことになった恋愛も、この手紙のなせるわざだったのかもしれない。新しい生活を共にするようになった私の結婚相手と出会った時も即座に、文通相手のリストの中にインプットされた。

彼の場合、時々しか返事が戻って来なかったため、かえって彼へのイマジネーションがどんどん広がっていった。未知なものへの手探りの挑戦は、何とも言えない緊張感と、快い不安で私をいっぱいにしてくれた。

彼からの手紙は、忘れた頃に思いがけなく届いた。つづられた言葉も、短くシンプルなものなのに、そこからは繊細で、美しい色のひかりが見えた。どんなに微妙な言葉をたくさん並べても、きっと私には、そのやさしいひかりは出せないと思った。

私にとって文章は、限りなく個人的な手紙のようなものだ。恋人でも、友達でも、家族でも、会ったこともない人でも、いつも誰かに宛てて書いている。

目次

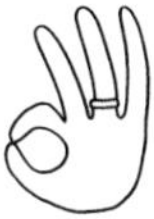

＊初出：『ペーパームービー』（講談社文庫）
本書は１９９６年３月に朝日出版社より刊行、
２００７年５月に講談社より文庫版が刊行されました。

クリエイティブディレクション　秋山道男

YA

九つ　はじめての留学

九つの時、一年間だけニューヨークでホームステイをしたことがある。ニューヨークといっても、いわゆるマンハッタンの様なエキサイティングな街ではなくて、私の居た所はニューアークという、響きだけはニューヨーク風の、それはそれは、地図でもやっと見つけられるほどの小さな町だった。そもそも何でそんな所に幼い私が暮らすことになったのか――。そのきっかけの軽薄さを思い出す度に何だか気恥ずかしくなってしまう。

ある昼休み、都内にある小さなインターナショナルスクールに通っていた私は、大好きだった校長先生に呼び出された。日頃、イタズラがばれた時ぐらいしか部屋に呼ばれることがなく、その時もすぐ、心あたりの犯行がいくつか頭に浮かんだ。おそるおそる、もう二度としませんと申し訳なさそうな顔をしてドアを開けると、いつも怖い顔をして私を待ち受けている校長先生が、その日ばかりはまるで大好きなアップルパイでも見つめるような眼差しで私を待っていた。もしかしたら違う生徒を呼んだのかもしれないと思い、私は恐縮してしまった。しかし、どうやら私に良い知らせがあるというのだ。私は何だか腑に落ちないまま、それでもいつもの様に（叱られる時同様）先生の膝の上に座って、何か言われるのを待っていた。

「也哉子、あなたは兄弟が欲しいと思ったことある？」

「うーん、昨日はそう思ってたけど、今日はべつにいなくてもいいやって思った」

「じゃあ、明日はまた欲しくなるかもね」

「うん、うん」

「あのね、私の弟はニューヨークの田舎に住んでて、子供が三人もいるの」

「どんなの？　お姉ちゃんとか、弟？」

「そうね、也哉子にとって、弟はいないけど、お兄ちゃんがいるし、お姉ちゃんだって二人もいるわ」

「うわあ、すごい」

「それでね、いつかあなたに私の弟家族の所へ行ってみるように、すすめようと思ってたんだけど。どうかしら、次の新学期から向こうで暮らしてみるっていうのは」

「うん、行きたい、行きたい」

という具合で私の留学は簡単に決まってしまった。

どんな時でも最終的な決断は子供に任せる私の母には、お願いというよりも、事後報告のかたちでそのことを話した。そして、やはり自分の望む様によく考えて決めなさいということだった。勿論、私は「自分の望むこと」というのはハッキリしてても「よく考えて」というのは、少々忘れぎみだった。でも、よく考えてみたところで私の気持ちは変わるものでもなかったので、私の急な決断は許されたものと納得した。

しかも、いつも、どこに行くのでも私を一人で行かせていた母が（この時が最初で最後ではあったが）なんと、現地まで同行してくれるというのだ。本当にびっくりしている私に、「だって、相手の家族の方々にあなたがお世話になるのだもの、ごあいさつしに行かなきゃならないでしょ」と母は言った。なーんだ、やっぱり私のことが心配で、離れたくないからなんじゃないんだと少しガッカリした。

私の体と同じくらい大きいトランクを二つ持って、飛行機の乗り継ぎがうまく行かなかったため、ケネディ空港の近所にあるホテルで一泊して、日本を発った二日後にやっと私の夢見た大家族の家にたどり着いた。

そして、まるで昔からそこに暮らしていたと錯覚するほどアッという間に私は周りに溶け込んで、私がエイミーという三つ年上のお姉ちゃんと近所の子供たちと思う存分遊んで帰ってきた時には、もう母は居なくなっていた。いつでも母には驚かされていたが、この時ばかりは、そのあっけなさにガク然としてしまった。

けれど驚いたのも束の間、生活が始まると、あまりに新しい出来事が多すぎてそれまでの日本の暮らしの記憶がすっかり消え去ってしまった。とにかく、私は未知の世界にワープしたつもりで、夢中でそこでの暮らしに没頭した。実際、向こうに居る間の日本との連絡は、たまに届く友達からの手紙と、三ヵ月に一度あるかないかの母からの短い電話のみだった。

全く日本語を話す機会がなかった私は、忘れた頃に突然かかってくる電話にどのように対応したらいいのかさえ忘れてしまった。「もしもし」という始まり文句が出て来なくて、ウーウーうなったあげく、無言になってしまったこともある。それでも「yeah」とか「no」という返事だけはできた。あまりに子供の会話力が乏しいことに呆れた母は、あげくの果てには電話をしてこなくなってしまった。

母子《ははこ》のこうした互いの執着心の薄さは、一年後のちょっぴり感動的なはずの再会シーンにも及んだ。涙ながらに向こうの家族とお別れをすませ、しばらくぶりの母親との再会にドキドキしながら成田空港に着いて、そっと税関を抜けると、見憶えのある顔がどこにも見当たらない。もしかしたら、もう一つの出口で待っているのかと思い、そちらの方へゴロゴロと重い荷物を引いて移動してみると、そこにも母親の姿が見つからないのだ。やっと十歳という二ケタ数字の年齢になり、大人な気分でいた私は、やっぱり予感してた通りになったわ、と心の中でつぶやいた。

そして、放送カウンターのお姉さんの所へ行き、母親の名前を呼び出してもらった。

♪ピーンポーンパーンポーン♪

「お客様のお呼び出しを申し上げます。港区西麻布にお住まいの内田啓子様、いらっしゃいましたらご案内カウンターまでおこし下さい」

しばらくして希望も薄れ、そろそろ一人で帰る支度をし始めたその時、

「アラー。そこに居たの……」

と言って、ボウ然と私を見つめている母が目の前に現れた。私もすかさず、

「もう……何やってたの……」

と軽蔑の眼差しで返事をした。お互いに期待していた感動的な再会の夢に破れ、ガッカリしながらも、あまりの私たちらしさに吹き出してしまった。

そして、何とかその場は和んでまとまったのだが、帰りの車の中での会話が一向に進まないのだ。こういうことになることを予想していた母は、前もって英会話教室に通っていたアッちゃん（マネージャーさん）に付いて来てもらっていた。それにしても、カタコトの英語と日本語でとぎれとぎれに運ばれる会話は、まるで宇宙人と地球人の滑稽なやりとりだった。

「ア、アノー、エーっと、ヤヤコ、ハウ、アー、ユー、トゥデイ？……」

「“I'm doing fine, thank you” アッチャンワー、アーノー……タノシイ？……ゲンキダッタカ……？」

「タ、タノシイ？ アー、yes yes、タノシイアンドゲンキ……でした」

しかし、子供というのは本当に柔軟である。こんな宇宙人でも二、三日後には立派な地球人になれるのだから。

突然の兄姉

お兄ちゃん一人。お姉ちゃん二人。こんなことは生まれて初めてだった。

マット（兄）は、どんな時でも家の中で、私を見つけると、あの強くて太い腕で私を抑えつけて、身動きのとれない状態にしては、「おい、チビ、元気か？」と尋ねた。あまりにも凶暴なあいさつのため、見つかってしまうといつも、お腹の中がくすぐったい笑いでいっぱいだった。笑うこと自体、文字通り微笑ましいことだけど、くすぐったいというのは実は苦しく、ツライことなのだ（でも、そのツライことがもたらす微笑ましさであり、幸せなのだ）。何とも不自然だが、これが、私の米国人兄から教わった、イタイスキンシップによる愛のかたちだった気がする。

ヘザー（姉㊅）は、見かける時にはいつもボーイフレンドと一緒にいた。ダウンタウンにあるマクドナルドでも、うちのリビングでも、彼女の部屋でも、とにかくどこにいてもヘザーの隣にはボーイフレンドがいるのだ。もう、ボーイフレンドはヘザーの二の腕からはえていたようなものだった。

ヘザーの部屋が自分のよりちょっと大人なことを知っていた私は、暇さえあれば、いつでも彼女の部屋に忍び込んでいた。

ヘザーはピエロが好きで、少々不気味なほどにピエログッズが部屋中に並べてあった。ピエロの人形に、ピエロの置き物、ピエロのポスターにピエロのお面。ピエロに対するヘザーの徹底した偏愛ぶりに、私は何とも職人さんのようなひた向きさを感じ、大人っぽく思えてたまらなかった。それに、ピエロ好きの彼女に、周りの人々が迷うことなくピエロモノをプレゼントするところも大人っぽさをよりひきたたせた。個性を認められた、ひとりの女性という感じ。

そんなあこがれに身をゆだねているうちに、ヘザーが学校から戻ってくる。すると二の腕からはえたボーイフレンドの顔がピエロに変わっている。やっぱりヘザーはピエロが好きなんだなあ。

エイミー（姉㊛）は大切な自分の部屋を私に分けてくれた。机も半分、ベッドも半分、クローゼットも半分、何でも半分分けてくれた。エイミーは私と歳が三つ違っただけで、親近感という点では、兄や姉よりずっと親密な感じがした。

歳が近いことから、エイミーと自分はまるで対等のつもりでいた。ごはんを食べる量だって一緒だし、部屋を占領する分にしても一緒だし、パーティに行くのだって必ず一緒。対等というよりは、単に私が図々しく対等風をよそおっていただけなのかもしれないけど……。

エイミーが少し歳上でちょっぴり大人なことを認めたくなくて、対等の意味もよく理解しないまま、ただひたすら何でも真似しては「よしコレでOK！　タイトー、タイトー」と安心していた。

ただひとつ、小学生の私には、どうやっても真似できなかったことがある。中学生からしかできないチアリーダーの応援。

エンジ色のVネックのTシャツの胸もとには名前が刺繍してあり、お揃いのプリーツのミニスカートをはいていた。くつ下は必ず三つ折りで、真っ白いスニーカーをはいて軽快に飛びはねると、白いパンツがチラッと見えた。もうこれ以上の「お姉さんが青春を過ごしてるぞ」らしさは、どこにも見当たらなかった。

エイミーは当然、中学生。毎日、いきいきとチアリーダーしていた。それに関しては、私の出る幕は全くなく、遠くでさすらってることぐらいしかできなかった。

そんな時、またもやエイミーは愚かな私に手をさしのべてくれたのだ。

「ヤヤコ、私のパートナーの役をやって、練習を手伝ってくれない？」

こうして、私はエイミーの放課後パートナーとしてうちの庭で大活躍し、再びエイミーに追いつき、対等の座を獲得することとなった。

バイオレントチャイルド

　幼い頃、私は暴力少女だった。自分の気に入らないことを誰かが言ったり、やったりすると、どういうわけか言葉よりも先にゲンコツパンチをくらわせるのだ。痛いのは勿論のこと、私の一撃を受けた相手は大抵ビックリして泣き出してしまった。そりゃ、驚きもするだろう。さっきまで黙って横にいた友達に、いきなり殴られるのだから。

　私が幼稚園でもらう通信簿には、必ず英語で「ヤヤコハ、バイオレントナトコロヲノゾケバ良イ子ナノデスガ……」という先生からの申し送りが記されていた。幸い私の母は英語が苦手で、そんな恥ずかしい子供の行動を先生の文章から読み取ることはなかった。もしも母が英語を理解し、積極的に子供の通信簿を見るような人だったら、あんなに友達が痛い思いをしなくてすんだのかもしれない……（エ？人のせいにするな？　そうです。人のせいはいけません。お母さん、ゴメンナサイ）。

けれども人のせいにでもしないと、昔の友達に合わせる顔がない！

というわけで、誰のせいにもできず、今でも友達に合わせる顔もない私は、ついつい幼稚園の同窓会には出席しそびれてしまうのである。

同窓会には行かなくても、街で偶然、当時の友達に出くわすことがある。そんな時、必ずと言ってもいい、「ヤヤコニハ、ヨク泣カサレタヨナア……」という言葉を聞かされるのだ。周りに入れる穴を探してしまう次第である。

その後、小学校に上がった私は、一生涯忘れることのできない素敵な人に出会ってしまった。

彼は私より二つ年上だけど、大病を患い、入退院を繰り返したため、私のクラスメイトになっていた。手術のために剃った頭には、いつもかわいい帽子をかぶっていて、授業中私はよくそれを羨ましそうに眺めていた。そうした私のボケっとした眼差しに気づくと決まって彼は、手をふって微笑んでくれたものだった。

そんな天使のような彼が私は大好きで、いつも彼のすることなすことが気になっていた。

ある日、彼が久しぶりに学校に来た時、まだあまり体の調子が回復しきれてなかったせいか、食べ物をもどしてしまったことがある。突然のことで私も一瞬戸惑ってしまったが、先生が片づけてるのを見て、早速手伝いに行った。すると、近くの席にいた子が、苦しんでいる彼の前で一言、「オー、キタネエ」とぼやいたのだ。相変わらず、暴力のお友達だった私は、それを聞くなり、その子を思いっきり突き飛ばしてしまった。

「やめてぇ、ややこ……」

かぼそい声は、彼のものだった。見ると彼は私に向かって、ものすごくやるせない眼差しを送っているのだ。しかもどこか強い印象のある眼差しを……。

彼が亡くなってから、もう十年近くが過ぎた。死ぬということなんて、想像もつかないほど遠く、先のまた先のことだと思っていた私は、当時まだ十歳だった。アメリカから戻ってきて一年ぶりに会った彼は、ひとまわり体が大きくなっていた。顔つきも少し大人っぽく見えたが、口もとの微笑みが以前の彼そのものだった。あまり悲しくはなかった。実際のところ、はっきりと死ぬということを実感できなかったせいもあるが、私には彼がちょっとひと休みしているようにしか見えなかったのだ。

「また、あとでね、ややこ」

と言って、どこかでやすらいでいるような……。

年に一度、必ず彼の家族と友達で集まって、彼のことを思い出している。彼を通じて出会った様々な子供や大人たちは、彼がそばにいなくても、彼のひかりを感じさせてくれる。

今後もずっと、彼の好きなマシュマロ入りのフルーツヨーグルトを皆で食べながら、彼の残してくれた思い出と、これからの未来に感謝し続けることだろう。そして勿論、暴力少女だった私が、いつの間にか、人にパンチをするのも、人を傷つけるのも忘れることができたということにも……。

ヘンなゴハン

「お母さん、白いごはんってオイシイネェ……」と幼い私が知り合いの焼肉屋さんでしみじみつぶやくと、そこのおばさんが母に向かって、「アンタ、この子に家でナニ食べさせてんの？」と言って驚いた。

というのは、私の周りではちょっぴり有名なエピソードである。

「ナニ」と言っても、私はこの世に生を享《う》けた時から、主食には玄米という茶色いごはんを食べてきた。いわば、玄米は私にとってはマザーフードなのだ。だから、キライとかマズイなんて思ったこともない、むしろ「私、玄米好きです」なのだ。

母親自身は玄米と出会うまで、白米を食べてきたと言うのだが、私は赤ん坊の頃から玄米のおも湯を飲まされ、徐々にそれがおかゆに変わり、そして最後には玄米ごはんに落ち着いたという、生っ粋の玄米っ子だった。

それまでは、ごはんというものは、茶色っぽくて少しかためのモゴモゴした歯ざわりの食べ物だと思っていたのに、白米と出会った時には、その白色の醸し出すフワフワした幸せな印象と、うすい皮も何もついてないツルンとした味わいにショックを受けてしまった。

それ以来、外食の時は勿論のこと、知り合いの家でごちそうになる時も、白いごはんさえあれば、「オイシイ、オイシイ」と感謝して食べたので、料理した人には大変喜ばれた。

玄米から受けた恩恵は多大であった。白いごはんのおいしさも、玄米あってこそ味わえたものだし、よく噛むということを教えてくれた玄米は栄養満点で、健康な体を私にあたえてくれたのだ。

けれども、感謝すべき玄米を少しばかり憎んでしまったことがある。

学校でお弁当を食べる時のことだった。体も態度も大きかったせいか、存在感があって、あまりものおじしない子供だったのだが、お弁当の時だけは別で、とても弱っちいイジメられっ子になってしまった。

玄米は、どんな子供にとっても珍しいものだったらしく、私のお弁当に入った玄米は「ヘンなゴハーン」とはやしたてられる恰好の材料となってしまったのだ。たしかに皆のごはんと比べると、茶色いし、ヘンなゴハンかもしれない。だけど、皆の食べている白いごはんは、この玄米から生まれたものなんだぞー！　と何度心で叫んだことか……。

母にそのことを訴えても、「じゃ、いいわよ。白米にする？」と簡単そうに言うのだ。そんなにあっけなく言われると、じゃあ、一体今まで食べていた玄米の立場はどうなるのか。第一、皆と違うヘンなゴハンだったとしても、私の玄米への愛がどう変わるというのだ！　と妙に玄米と親密になってしまい、もう、そんな周りの

「ヘンなゴハーン」コールなんて気にしないことにした（正確には気にしないように、にした）。

そんなお子さまな思い出も、小学校の高学年になれば自然と消えてしまい、その頃から学校では給食が登場するようになった。

ところがこの給食、自然食派気味に育てられてきた私には、またまた大ショックな出来事となったのだ。一週間のメニューがものすごいローテーションで組まれていて、それらのほとんどは私が初めて口にするものばかりだった。

紹介しよう。月曜日はマクドナルドのハンバーガー、火曜日はケンタッキーのフライドチキン、水曜日はホットドッグ、木曜日はまい泉のトンカツサンドウィッチ、そして金曜日はボリュームたっぷりの焼肉弁当。

うちでは玄米におみそ汁、焼き魚や煮もの、それにお新香くらいの粗食なのが、学校に行くと、これほどオイリーでヘビーなものが、毎日給食として出されるようになってしまった。

ところが、そこにはショックに打ちのめされるどころか、またもやそのギャップを大歓迎してしまう私がいたのだ。

「お母さん、学校の給食ってオイシイネェ……」

自分が原因

保育園から小学校までずっと私は都内のインターナショナルスクールへ通い続けた。ところが、小学校卒業と同時に突然日本の教育を受けてみたくなった。母にも言われたことだが、日本人でありながら、日本のことをよく知らない、ただの日本人のような人にはなりたくなかったのだ。それに将来、日本の教育を受けた人と一緒に日本に住み、生活をしていきたいと思ったから余計に日本の学校はどんな感じか体験しないではいられなくなってしまった。

インターの学校の卒業式は六月にあるので七月から近所の小学校に編入すること

にした。準備万端、あとは地域の教育機関に申し込みに行くだけのことだった。

あくる日、母がいそいそと入学手続きの窓口へ出かけると、とんでもない事実が発覚してしまった。なんと、私の通っていたインターは、まだ日本では認可されていない学校で、つまり、私はそれまでの六年間、国の義務教育を自ら放棄していたことになっていたのだ。したがって、日本の公立小学校に入りたければ、もう一度、小学一年生から入学しなければならないということだった。

ただでさえ体が大きい六年生の私に、ついこの間まで幼稚園に通っていた一年生に混ざって同じ教室で一緒に勉強しなさいというのだ。そんなムチャな話は考えもつかなかった。

「そうですか。では、その様に致します」

私が最も恐れていた母の言葉だった。

その瞬間、私の頭の中には十八歳にして、小学校の卒業証書を受けとっている未来の私の姿が浮かんだ。

母は大まじめだった。今まで自分たちが勝手に、決まりを守らないでいて、今度も勝手に戻りたいとわがままを言っているのだから、相手のルールにしたがうのが当たり前というわけだ。

そりゃ、筋は通っているかもしれないが、よりによって、こんな極端な話を受け入れようとは……!? 私の気にもなってほしい! と心で叫んだ。とはいえ一度母が決めたことは、そう簡単に変えられはしないことを日頃味わっていた私には、希望という言葉はなかった。と、その瞬間《とき》、

「いやー、お母さんねェ……そうは言っても、やっぱりちょっとマズイでしょう、一年生の中に、六年生がいたんでは……。本当はこういうのはなかったケースなんですが、今回はお母さんの誠実さに免じて、娘さんを六年生に入れてあげましょう」

直径三万メートルぐらいある、広ーい心をもつおじさんの言葉だった。

おじさんは、母の潔《いさぎよ》さに大変感動していた。それまで彼の接してきた母親は、ヒステリックに怒りだすか、何も言わずに帰ってしまうひとばかりだったそうだ。そ

して、

「お母さん方、皆、こんなに素直だったらねェ。つまり、規則を守らなかったのはどっちだ、っていうことなんですよ……」

としみじみ語っていた。

こんなウソみたいな、ホントの話で、私は港区で初めての義務教育放棄人間の復活編入生第一号になれたのだ。

さて、手続きの方は無事すませたものの、本来の目的である日本の学校初挑戦は不安がつのるばかりだった。

周りの友達でもインターから日本の学校へ移って、どうしてもハダに合わずにやめてしまったひとが多かったのも理由の一つ。けれども何と言っても、根本的にか表面的にかは別として、西洋とはどこかがまるっきり違っていたりする東洋の文化、または教育を体験しようというのだ。さすがに、渡るべき「ギャップ」という橋は何だか怖そうに見えた。

もちろんそんなことは今に始まった話ではなく、日本の学校へ想いをはせ始めた頃から充分わかっていたことだった。もう、とっくの昔にしていたはずの決心を、再び小さく自分のなかで確認した。

私の両親は日本人だし、私も日本の家庭で生まれ育ってきた人間だ。母国の教育や習慣に圧倒されることはそれほどないであろうと思い込んでいた。

ところが何から何まで全く違ったとまでは言わないが、どうしたって、私の身につけていた感覚とはずれていることが多くなってしまった。

ちょっと極端だし、くだらないたとえではあるが、私が鮮烈におぼえていることがある。登校初日に、ある女の子が私に言ったこと。

「何で内田さんは女子なのにズボンとかはくの？」

思わず、何万年前にタイムスリップしているのか確かめたくなってしまうくらい私は驚かされた。

他にも色々と「どうしたらそういう価値観が生まれるの？」と尋ねたくなるよう

な状況に直面した。そして初めのうちはその違いをおもしろがっていたものの、徐々にそのギャップを嫌なものとしてとらえるようになってしまった。

日に日に自分の心が狭くなり、それを見て更に自分にウンザリするという悪循環に私は病んだ。良いところも沢山あるはずなのに、私はそれを発見することさえ面倒くさく思えてきた。当然、友達も作れなくなり、こんな自分に「どうしたものか」と悩む毎日だった。

「ややこ。自分に起こる大半のことは、自分に原因があるんだからね」

と母は私に教えてくれた。そして、混乱していく私に、

「自分が変われば、周りも変わってくるの。だから相手に何かを求めるんじゃなくて、自分が変わる様に努力するの。わかる？」

といつになく丁寧に話してくれた。

私は落ち込んだり、立ち直ったりの繰り返しで人生のうちの半年間というほんの少しの時間を、果てしなく長ーいものに感じていた。まるで、時計の秒針がゆっくく

り進むのを毎秒計っていたかのように。

ある時母が、もしも何のために自分がそこにいるのかが、わからないほど嫌になったら学校をやめていいのではないかと言うのだ。私のなかではそんなことと っくのとおに思っていたことで、今さら引くに引けない立場だった。一番初めに決めた「たったの半年。何があっても途中でやめない！」という自分との約束は、そう簡単には取り消せないものだった。

そして「あと少し、もうすぐだから」と自分に言い聞かせているうちに、気づくと目の前に卒業の日が訪れていた。

どんなに大変なことでも、それを乗り越えた時の喜びが、それまでにかかった苦労なんてものをスカーンと吹き飛ばしてくれるのかもしれない。私の場合はそうだった。スカーンどころか、嬉しくて嬉しくて、フワフワ宙に浮いていたくらいだ。

その春休み、母がお祝いにハワイへ連れて行ってくれた。すっかり何かが抜けてしまった私は思う存分、海と太陽の雄大な恵みを受けて毎日を過ごした。腰まであった髪も、衝動にかられて、うそのように短く切ってしまった。美容師さんも真青なくらい……。

向こうの開放感にあおられたのか、何だか、中学も日本の学校に行ける気がしてきた。本来は一応、日本の教育を少しでも身につけるつもりだったので、たったの六ヵ月間ではもの足りなく思えた。母も、

「その勢いで、ためしに行ってみたら？」

と賛成してくれた。

今思うと、全く自分の調子の良さに呆れてしまうが、幸いそれが良い結果をおよぼしたので複雑ではあるが、大変感謝している。

これ以上黒い肌の日本人はいないくらい、ハワイの陽ざしで焼けた私は少しの不安と大きな希望をもって、中学校の入学式に参加した。そして、生徒のクラス分け表で一生懸命自分の名前を探していると、見おぼえのある少女が私に話しかけてきた。

「ねェ、名前なんていうの？」

私になぜ「女子なのに」ズボンをはくのかと聞いた、小学校の時、一番苦手だった彼女だった。何かにつけて、私に文句をつけていたその少女は、私が誰だか全く気づいていなかった。

私が笑いをこらえながら、自分の名前を伝えると、目をまん丸にして言った。

「う、う、内田さん……？」

その日から私たちは信じられないほどの仲良しになってしまった。そして、その後三年間通い続けた日本の中学は、私の学生生活の中でも最も思い出深いものになったのだ。

「私が変わったの？　周りが変わったの？」

「いや、いや。両方ともお互いを認めて受け入れることをおぼえたの。大きくなったのね、きっと」

カナシイ人間物語　その（一）レスキューミー!!

真夜中にふと目が覚めて母の姿が見当たらないと、ベッドの中で、「おかあさーん！」と、いつまでも叫び続けた。

そっけない母を持つ甘ったれ子供の私は、時折孤独と悲しみだらけの不安に襲われていた。

そっけないとは言え、私を捨ててどこかへ行ってしまうほどの冷たい母でないことは、充分わかっていたはずなのに、なぜか眠っていると、「もう、オマエはこの世でたったひとりきりなんだゾォ……」という、思い込み悪魔が忍び寄ってきた。

やっとの思いでそいつをやっつけて、夢から覚めたその時に限って、寝る直前までそばにいた母が違う部屋で用事をしていたり、時には外に出かけていたりしたのだ。

そして、私の叫び声にようやく気づいた母がびっくりして私のもとへ飛んで来ると、おもいきり強く抱きついていつまでたっても泣き止まないので、あげくのはてには「もういいかげんにしなさい！」と怒られる始末だった。

何がそんなに不安だったのか、未だに私にはわからない。母はそんな意味不明な不安のとばっちりを、いつも受けていたのだ。母親とは言え本当にすまなかった……。

寮生活を始めるようになった十六歳の頃、私にはおない年の外国人のルームメイトがいた。幼い頃の恐怖体験のことなんて、すっかり忘れていたある日、彼女も幼い頃私と全く同じ体験をしていた、という話を聞いた。

その夜眠りにつく前に、何だかイヤな予感がした。十何年ぶりに思い出を掘り起こしてしまった私は、案の定、あの悪魔と戦うことになってしまったのだ。

真夜中に目を覚ました私は、もおそれはそれは、すごい勢いでルームメイトのベッドにもぐり込み、彼女にしがみついたまま、わんわん泣き出した。

「その気持ちは良くわかるぞ。あー、よしよし」と、温かく慰めてくれる彼女は、女神さまのように輝いて見えた。

夜中の不安解消の寄りどころを見つけた二人は同時に目を覚まして抱き合い、哀しみを分かちあったこともある。しかし、もうこうなってくると、哀しみというよりは、歓びという感じがしないでもない……。とにかく二人で浸っていたのは確かなのだ。

高校も卒業し、今や私は男の人と暮らすようになった。結婚をした故に。

ある夜。「まさか、もう大人でしょ?!」と声を大にして自分に叫びたくなるような真夜中の事件が再び起きてしまった。

ダンナさんより先に眠りについていた私は、ちょっぴり怖めの夢を見ていた。すると、怖さは段々ピークへ向かい、ついには、懐かしいとも言える悪魔さまの御登場となってしまったのだ。それも、いまだかつてないほどの熾烈《しれつ》な戦いだった。

部屋に入ってきた彼が電気をつけた瞬間、私は恐怖から解き放たれた。私のハッとした様子に驚いた彼は、呆然と私を見つめていた。そして、我にかえった私の頬には、しょっぱい水が次から次へと流れ落ちた……。彼にしてみれば、かなり突然のハプニングに違いないはずだったが、すぐに状況を察知して私を抱きかかえてくれたのだ。

変な話だがこうして振り返ってみると、私の真夜中の不安の解消のされ方は、それなりに進歩している。最初は、泣き叫び疲れた頃にようやく母の助けがやって来た。次は、友のベッドの中に入るまでの間に不安は消されていた。そして最近は、夢から覚めるタイミングで夫が私を助けてくれる。とすると、この先はどんなレスキューになって行くのだろう。誰かが夢の中まで入ってきて、私のかわりに悪魔をやっつけてくれたりするのだろうか……。

あれやこれやと思いを巡らしているうちに、ふと虚しさが私を襲ってきた。

もし真夜中に誰も助けに来てくれなかったら、どうするつもりなんだ……オマエは考えが甘すぎるぞ……誰かがいつでも助けに来ると思ったら、大間違いだ……人はみんな孤独なんだ……そんな当たり前のことぐらい、自分で何とかしろ！

ああ、いつになったらこんな低レベルな心の葛藤をやめられるのだろう……早く自立したーい！　誰かあ、レスキューミー!?

K・U・

ははは
はははカゼ
ははは
はははウミ
ははは
ははははゴハン
ははは

ははオンガク
ははは
はははツチ

ははは
はははスピード
ははは
はははゼンブ

with "Bolero" by Ravel

K. U.

彼はとてつもなく一生懸命な人なのだ。時にはそれが過ぎて、必死にもだえることもある。もしかしたら、自分の炎で燃えつきてしまう時が来るのかもしれない。彼は燃える炎をお酒で鎮《しず》めようとすることがある。でも、お酒はちっとも効かない。炎はもっと激しい火花に変わるばかりだ。

彼には、他人ごとなんてことはどこにも存在しない。彼の隣も、遠くのことも、すべてすべて自分のこと。彼はそれらを愛して、それらと戦ってしまう。飛び散る火花は、そのためのものなのかもしれない。

昔、うちには猫が八匹いた。私が生まれて間もなく、そのうちの六匹の猫たちは誰かのところへもらわれていってしまった。残りの二匹は、アレルギー持ちの私と猫好きだった母のもとで、その後十年近く暮らすこととなった。

ロックンローラーである彼は、二匹の猫にそれぞれ、ロック界で有名なジャニス・ジョップリンとフェリックス・パパラルディと命名した。

私はフェリックス・パパラルディを「パパラルディ」、そして、ジャニス・ジョップリンを「チビ」と呼んでいた。チビは、「ジャニス！」と呼んでも「ジョップリン！」と呼んでも、その両方を合わせて呼んでみても、全く反応しなかった。唯一、反応したのが「チビ」という名だった。

そんなことを知るはずもない彼は、私と会う毎にかならずプレゼントをくれた。年に一、二度のその機会に、彼はいつもお土産らしきものを携えて現れた。

着るものが多かった。ジージャン、ワンピース、コート、ズボン、Tシャツ……。

それらひとつひとつに、彼なりの様々な思い入れや理由があり、それらのプレゼントが持つ重さをいつも私は感じていた。

パパラルディとチビは親子だった。あまり仲良さそうではなかった。一緒にいるところもあまり見なかった。

パパラルディはのんびりしていて、私とよく遊んでくれた。チビは私を見ると、いつもどこかへ行ってしまった。チビは、一匹でいるのが好きだった。

チビの悲しい瞳を初めて見たのは、パパラルディが死んだ時だった。いつも、気にもとめていないような視線を親に送っていたチビが、この時ばかりは何だか情けなく見えた。ひとまわり小さくなった自分の体を、深い孤独の海にひっそり沈めているように見えた。

パパラルディの死は、名づけ親の彼にも報告した。

「パパラルディが死にました」と告げると、彼はひどく悲しんで、お墓の場所を教えてほしいと言った。

数日後、お墓参りに行った彼から連絡があり、彼がまったくの勘違いをしていたことを知らされた。「ネコのパパラルディ」と伝え損なったせいで、彼はてっきり本物のロックンローラーのフェリックス・パパラルディが亡くなったのかと思ったのだ。

彼の一生懸命は複雑だ。とてもつらいことと思わず笑ってしまうことが、細かく入り混じっている。その両極端の印象を頭の中でどうやってまとめようかと、私は悩んだりする。結局どうしても収拾がつかないままでいる私に、今でも彼は「父」という名の微妙なメッセージを送り続けている。

トマトジュース

私はこれまで生きてきた十九年間、一回も父と生活を共にしたことがなかった。なかった、と言いきるのはまだ早いかもしれないが、人生十九年目にして私は人妻となり、すでに新しい家庭を築き始めてしまったのだ。よっぽどのことがないかぎり、この先、父と私が同じ屋根の下で暮らすなどということは、ありえないのではないか、と思う今日この頃である。

私の知る父は、映像フィルムによるコラージュのようなものである。

これまでに会った回数と、その時の状況を思い出せる程しか、一緒に過ごしたことがないので当然のようにも思える。

トマトジュースを飲むと思い出すことがある。

まだ小学生になったばかりの頃のことだったと思う。当時、父がある事件を起こしたため、警察の留置所に何日か居たことがあった。面会に行くのに、母から、何故父が警察に居るのかは教えてもらったのだが、やはりまだ私にはピンと来ずに、なんだかよくわからないまま、父に見せる絵を持って母について行った。

警察の人と言えば、交番にいる制服を着たおまわりさんしか知らなかったので、普通の背広を着た男の人たちが刑事さんだということを知ったのもその時のことだった。

母と私は小さい部屋に案内され、机の前にあった椅子に座ると、間もなく父が現れた。ずいぶん前に会った時と何ら変わりもなく、怒っているのか、どういう気持ちなのかよくわからない表情のまま、向かいの椅子に腰かけた。誰が先に、どういう風に話を切り出すのかと思った瞬間、

「すいません、トマトジュース頂けますか」

父だった。あれほど凛とした態度で言われると、頼まれた刑事さんもイヤとは言えない。しかも、トマトジュースとはっきり指定されたのだ。催眠術にでもかかったように、刑事さんはすんなりと注文の品を用意してくれた。

父は相変わらずの態度でお礼を言い、カチッと鳴るフタを開けて、静かにトマトジュースを飲み干した。

その後は、いつものように、久しぶりに見る子供の成長に驚いて、

「おまえ、でっかくなったなあ……」

とつぶやき、私が一生懸命絵の具で描いた絵を見て、

「おまえ、おもしろいなあ……」

とつぶやくだけだった。

父と娘の会話が終わると、大人たちの話声をよそに、私はひとりでスペースアウトした。

想像していた手錠のこと、部屋に来るまでに上る時に数えた階段のこと、母が着ていた私の好きな服のこと、窓から見える景色のこと、それと、トマトジュースのこと。

あまりよく知らない人のことを、好きだの嫌いだの決めつけるのは難しいことだが、私は父のことを八パーセント好きで、残りの九二パーセント嫌いだ。

もちろん、わずか八パーセントにも理由はある。少ないからこそあるのかもしれないが、私の前に現れる父はいつも怒っている。怒っているというよりも、怒りそうな状態が続いているのだ。そして、たまにホントに怒る。

周りに特別な原因があるとは思えない。何故なら、父の性質を知る周囲の人たちは、かなり気をつかって、父の怒りを引き出さないように心がけているから。なのに、父は必ず幾度か爆発する。

見方を変えればスリリングな父だが、子供の私には、やや刺激が強すぎたようだ。怒る父を前に、私はいつも泣き出すばかりだった。

私の母は、「でもホントは、お父さんが一番、気をつかっているのよ」と私をなだめたが、その時の私には、全く理解ができないまま、ただただ「怖い」という父のイメージをふくらませるばかりだった。

普段はボーッとしている私でも、父に会う時は、一本の神経のゆるみさえ許さないほど緊張するのだ。その緊張が、こんな私にはかえってちょうど良いと周りの人たちは喜ぶが、当の私にしてみれば、そんな緊張は毒としか思えない。寿命だって、どれだけ縮んだか知れない。

本当にここ最近のことだ。ほんの少しずつ、父のふるまいや気持ちがわかりそうかな、と思うようになってきたのは。きっと、父も今までガキだと思ってた私を、少しは大人として相手にしてくれるようになってきたからかもしれない。

父親とは言え、違う肉体をもつ以上、他人は他人だ。しかし、父親という意識があるかないかの問題は、また別の話だと思っていた。

「本当にお前は、オレの子供か？」

なんて不思議そうに聞かれてしまうと、私は一気に不安になった。不安というか、私だって確固たる証拠があるわけでないし、自信がなくなってしまう。

「それは、私が聞きたい！」

と言いたくなる次第だ（言わなかったけど）。

子供がいる、という実感が湧かないのも当然なことだ。実感するほどの時間を一緒に過ごしたことがないから。ただ、いつもひそかに思っていたのは、私たちの手がとてもよく似ているということ。これだけ似てれば、立派な証拠だ。

それだけでなく、中身までそっくりだということを知ったのは、生まれて初めて一週間も一緒にいた、ヨーロッパ旅行だった。私の通っていたスイスの高校の卒業式に母と共に出席してくれた後、三人でヴェニスとパリをまわったのだ。いまだかって、これほどの大イベントは、内田家では繰り広げられたことがなかった。当然、三人共、緊張しっぱなしである。

ところが、そんななかでも父は時々、困ってしまうことを言い出すのだ。その時の気分によって、行動予定が変わってしまうような。

例えば、予約していたヴェニスのホテルをキャンセルして、海の向こうのリド島に行こうと言い出したことがあった。そんなに大事というほどでもないが、一応、前から立てていた予定への思い入れは、私には多少なりともある。それを突然変更しようと言うのだから、ちょっと困った。私は申し訳ない気持ちで一杯で、ホテルに事情を話しキャンセル料を払った。

リド島は、ヴェネチア国際映画祭が行われている小さな島で、訪れたのがシーズンオフだったせいか、信じられないほど静けさに包まれていた。その何とも言えない寂しさは私たちの旅行で最も思い出深いものとなってしまった。

『ベニスに死す』という映画の舞台にもなった、オテル・デ・バンの部屋もほとんど空いていて、私たちは悠々とビーチに面した最高の部屋に案内された。

母と二人で泳ぎに行った海も、まだ灰色で肌寒かった。バーに行くと、流しのおじさんはイタリアン・ミュージック（そしてなぜか『ゴッドファーザー』のテーマソング）を私たち三人のために歌ってくれた。

ひとけのないその場所は、初めて出会った家族三人が、静かな地球の果てまで来ているという錯覚をおこさせた。街のホテルやカジノが立派であればあるほど、海がどこまでも遠くへつづくほど、赤い花が美しく咲いていればいるほど、私たちはとり残されたような心地よい孤独感にひたれた。

翌日、パリに発った。まるで別世界にとび込んだように、街は人々であふれていた。父はこの活気づいた空気に胸を高鳴らせ、タクシーがシャンゼリゼ通りにさしかかると、二年前に自分が携わった映画の思い出を語りはじめた。

私と母はと言うと、まだ前日までの静けさから抜け出せないまま呆然としていて、父がそこでどれだけ大変なシーンを撮ったかという熱い仕事の話には、返事はしていたものの何とも気の入ってないものだった。

「もっと感動しろよ」

と言って、父は私たちの関心のなさに呆れてしまった。そして、

「少しは気をつかって、芝居でもいいから興味深そうな返事ができないのか！」

と言う父の素直な言葉に、母と二人でふき出してしまったことが、怒りをさらにあおってしまった。

父は若い頃に少しだけパリで生活したことがあったらしく、三ヵ月後に始まる私のパリ生活に役立つアドバイスというか、体験話をたくさんしてくれた。

夜、かつて父の住んでいた小さなホテルを見に行き、当時の色んなエピソードを話してくれたまではいいが、その後、バーでお酒が絶え間なく父の体に注入されると、酔いがまわり始め、父は次々とゆかりの地へ私たちを連れていった。そして案の定、最後には高級レストランの中での大乱闘を繰り広げることになってしまったのだ。

私はもともと泣き虫ではあったが、一週間のうちにあれほど涙を流したのは初めてだった。けれども、それが哀しい思い出に少しもなっていないのが、不思議でしようがない。何だか一生懸命戦って、大変だったけどスッキリしたという印象だけが残っている。

この旅の終わりに、父に伝えることがひとつだけあった。本当に最後、飛行機が成田空港に下降している最中に、私はそのことを伝えた。

「お父さんに紹介してもらった人と、おつき合いをしています。将来、結婚するかもしれません」

父はとても驚いていた。初めての旅でそれも終わる間際に、偶然自分が紹介した人と娘が結婚するというのだ。私がその立場であっても動揺したことだろう。

「何でそんなこと、オレに言うんだ」

「だって、お父さんだもの」

「まあ、オレにはとやかく言う資格はないけどな……」

「…………」

「でも、何で結婚するんだ？……」

といった、かなり間抜けな会話になってしまったが、冷静になった父は、気難しいアーティストの性質を自分と彼に投影しながら淡々と話してくれた。もう何年も一緒に暮らしてきた立派な父親のように。

空港に着いた私たちは、世界一明るい家族のような笑顔で、大きく手をふって、それぞれの生活に戻っていった。

それから一週間後、少しずつ三人の旅が夢のような思い出に変わり始めた頃、二年前のクリスマスに、父にもらったビデオテープを見つけた。

「ラン・フォー・パリ（RUN FOR PARIS）」とついたテープをデッキに入れると、画面の中で走っている父がいた。何日か前に三人で歩いたパリの街を彼は走っていた。

車の中の8ミリカメラは、夢中なような、それでいて曖昧な空気の、まるで幻のような、パリを駆け抜ける父の姿をひたすら追っているだけだった。

さんざん走り続けた後、父は小さなカフェに入った。ギャルソンにコーヒーを頼んでカメラが近づくと、ひとこと私に言い放った。

「un amour, s'il vous plaît」

――アン・アムール・スィルヴプレ（愛をひとつ下さい）――

あまりよく知らない人を、私は百パーセント愛している。

十一月二十九日　幼な馴じみに書いた手紙

レオへ――。元気ですか。私は相変わらず元気だったり落ち込んだりと、忙しい毎日を過ごしてます。

この間、あなたのお父さんにバッタリ会いました。去年の夏、あなたが連れてってくれたバーで。あれ以来一度も行ってなかったんだけど、その晩ふいに、イイ音楽とお酒のある所へ行きたくなって、ダンナさんも誘って行ってみたんです。

実はその日、あそこのバーのママのお誕生日で、何も知らない私たちは呼ばれてもいないのに、そのパーティに飛び入り参加してしまいました（あなたのお父さんはちゃんとお祝いしに来てたんだけどね)。

あの晩は、偶然だらけの晩でした。私がずっと会いたい会いたいと思ってた人たちにいっぺんに会ってしまいました。

パリにいた時お姉さんみたいに思って好きだったひろみさんが、そこにいたのも不思議でした。眠たそうな目をしたフランス人のダンナさんができたのにも驚きました。久しぶりに使うカタコトのフランス語で、おもしろい映画の話をしました。

でももっとビックリしたのは、あなたとひろみさんが友達だったことです。色々な偶然が必然だったように思えてきました。

あなたのお父さんも、「こんなことってあるんだなあ」と言って感心してました。

おじさんにボリス・ヴィアンの本をもらいました。それに、葉巻も二本。

「でもややこ、信じられないなあ、ホントに……。あんな小っちゃい時からレオと遊んでたのになあ。お嫁さんになるなんてなあ……」

あなたのお父さんは、私の本当の父親みたいにしみじみとつぶやいていました。

お酒を飲んでくうちに、私のダンナさんともいっぱいお話ししていたみたいで、しばらくしたら、

「ややこ。もし亭主がな、ちょっとひとりで旅に出るからって言ったら、おにぎり作って、ちゃんと見送ってやれよ」

って言うの。何だかよくわからないけれど、何だかよくわかる気がしました（でも、ちょっと演歌みたいじゃない?）。

いつも会うとケンカしちゃうみたいだけど、本当はおじさん、あなたにすごく会いたくなるって言ってました。

おじさん、私を見る時も、まるであなたを見ているようでした。世界中どこを探しても、子を持つ親は同じに見えます。あなたも私も一人っ子。もらった愛もスペシャルなら、あげるのも特別じゃなきゃ、ですね。

頑張ってるみたいですね、映画の脚本。早くあなたの教えてくれたスゴイ作品にお目にかかりたいです（私もその時までには、裏方でも大役でも引き受けられるよ

うに鍛えとくから)。

「次は、お前らの時代なんだからな。未来は、子供たちが作ってくんだぞ。だから二人とも、いいアーティストにならなきゃダメだからな。オレはそれ見てからじゃなきゃ死ねないから。ホント、頑張ってくれよ、お前たち。な」

納得するまで日本に帰ってこないと言ってたから、いつまたあなたと会えるかわからないけど……。早く納得するイイもの作って、たまには私たちに顔を見せに帰ってきて下さいね。楽しみに待ってます。それじゃ。

也哉子

Y.U.

その夜、彼女は眠りにつけないまま、ベッドの中でじっと、昨日の空のことを想っていた。

電話が鳴る。

「プルルル、プルルル」

四度目のベルで、彼女は受話器をとった。

「……もし、もし……」

「　　　　　　　　」

返事はなかった。カチャッ。彼女は布団から出した、冷たい手をもとに戻した。

彼女は昨日の空のことを想っていた。

「プルルル、プルルル」

電話が鳴る。

五度目のベルで、彼女は受話器をとった。

「……もし、もし……」

「　　　　　　　　　　　」

「……もし、もし……」

「……オレだ……」

「……おとうさん？」

「　　　　　　　　　　　」

「どうしたの……？」

「……お前は、オレのコドモか……？」

「……うん、そう思うよ……」

「なぜダ？……」

「手がおんなじ……」

「　　　　　　　　　　　　　　　」

「おとうさん……今どこ、いるの？」

「　　　　　　　　　　　　　　　」

「もし、もし？……」

「ニューヨークだ……」

「そっちで、何してるの……？」

「シッ……静かにしろ……」

「え？……」

「だまってろ……」

「　　　　　　　　　　」

「　　　　　　　　　　」

「　　　　　　　　　　」

「　　　　　　　　」

「　　　　　　　　」

「　　　　　　　　」

「　　　　　　　　」

カチャ。

ツー、ツー、ツー

電話は切れた。

カチャ。彼女は布団から出した、冷たい手をもとに戻した。

彼女は昨日の空のことを想うのをやめて、静かに眠りについた。

彼女の小さな窓から、月の風が吹いていた。

with instrumental “NEMURENAI Insomnie” by United Future Organization

ko

「女の子か、男の子か、よくわからなかった」というのが、彼の私に対する第一印象だった。

冬休みに、母とハワイへ行く時のことだった。成田空港のウエイティング・ラウンジで、私たち親子は彼の前のソファに座っていたらしい。らしいというのも、私たちの方は全く彼の存在に気づいてなかったし、その頃は互いに面識もなかったので、このことは後に彼と初めて話をした時に聞いたことだった。

私は十歳になったばかりの少女だった、と推測する。その当時私がどこへ行く時でもかぶっていた帽子のためだ。知り合いにもらったもので、緑色のキャップには二本の青いサテンの角《つの》が生えていた。十歳の私はこの帽子をこよなく愛していた。彼は、ソファに座る私の頭にのせられた帽子《キャップ》を鮮明に覚えていると言う。だとしたら、短く切った髪にキャップ、短パン、スニーカーでは、男か女かなんて見分けられないのは当然だ。

私にとっての彼との初めての出会いは、十五歳の時の、父の日の翌日のことだった。父に会いに行ったついでと言ってはなんだが、その時にたまたま出会ってしまったのだ。

「ルックスは若いのに、しぐさとかたたずまいが大人みたいで、何だかアンバランスな感じ」というのが、二度目に会った時の私に対する彼の印象のようだ（一応、性別判断は可能だったらしい……）。

私の方は、彼の芸能生活のことをほとんど知らなかったので、親近感はなく、初めて会った人としてごく自然に会話をしていた。第一印象にしても、「瞳が茶色くて、どこを見ているのかよくわからない」というような……。後に彼が私の夫になるという現実なんて予想もつかないような、漠然としたものだった。

出会ってはみたものの、彼に再び会うことなんて私は想像すらしなかった。ところがそれ以降、段々と彼に会う機会が増えていった。特にお互い、会おうと心がけていたわけでもないのに、成り行きというか自然に、いつの間にか会うことになっていった。

まだ数回しか会っていないというのに、海外で一緒の時間を過ごすことになったのも、偶然の出来事だった。一週間ほどの滞在で、彼の仕事のスタッフも一緒にいたなか、二人は二晩も徹夜で話し込んでしまった。お互い何の深い感情もなく、ただひたすら質問し合ってるうちに朝が訪れてしまった、という具合だった。

よく知っているわけでもない人を相手に、そこまで根気よく話し続けられた自分に驚いていたのを憶えている。年齢的には大人の彼と子供の私が対等に話したり、興味を持ったりしたのが、何だか遊園地の空飛ぶダンボのようだった。大人と子供がダンボに乗って、すごく高くに上ったり、グーンと下に降りたり……。二人の位置が重なり合ってるようで、離れているような……下の方は子供の空間で、上の方は大人の空間だとすると、それぞれ違うダンボに乗ってる二人が、交互にまたは同時に上下する。それは、上でも下でもどっちの空間にいても気持ちいいという、不思議な感覚だった。

特に意図したわけでもなく、別れる時も次に会うことなんて考えもしなかったし、約束もしなかった。「いつかまた、どこかで……」な気分で。

その年、私はスイスに留学することになった。都立高校に入学し、一年が過ぎて私は、何かに目覚めたかのように東京を出たくなった。出たいというか、外を見たくなったのだ。幼い頃は外国の、そしてティーンエージでは日本の文化に学んで、大人になる一歩手前で再び外国に浸ってみたくなったのだ。

ちょうどその頃好きでたまらなかった、サンテグジュペリの「星の王子様」と、コクトーの「恐るべき子供たち」を、フランス語の原本で読んでみたいと思い、フランス語圏のどこかに行こうと思った。だとしたら何もスイスでなく、本場のフランスでもよかったはずだが、私のアンテナはフランスでもカナダでもない、スイスのジュネーヴに反応してしまった。資料集めに行ったスイス大使館も、感じがよかった（ナンダカイイ感ジというのは、結構大きなポイントです）。

自分の思い通りに道を選ばせてもらった十六歳の小娘は、夢と喜びと不安に大興奮し、宇宙船で未知の惑星にでも飛び立つ気分で、東京にさようならをした。実際向こうの環境は、今までに味わったことのない、新しいものだらけの世界だった。それに味わっていたとしても、私はどんなものでも色鮮やかに見えてしまう新しいメガネを持っていた。

私の心の動きに興味を持ってくれた彼のことを思い出したのは、この頃だった。日々、様々な刺激を受けていた私は、彼に向けて心の報告書を作るようになったのだ。そこには、他人が見たらどんなにかくだらなく思えるようなことでも構わず何でも書き込んだ。

私の見たこと感じたことが、彼のひと味違う感覚で消化されていくのが楽しくて、私の想像力も何かを感じる力も、どんどん広がっていった。

春がはじまりそうなある日、彼から一通の知らせが来た。週末に、スイスへ来ると言う。何だか複雑な気分だった。それまで紙の上の言葉だけでつながっていた人が、いきなりワープでもしてきたように目の前に現れるのだから。初めての対面をするわけでもないのに、いても立ってもいられなくなってしまった。

学校の寮はとにかく厳しく、週末も外出許可をいちいちとらなければ、出してはもらえなかった。そして、その許可をもらうには親の手紙が必要なのだ。少し悩んだ末、私は母に相談してみた。男性との外出を、母に報告するのは初めてだったから。

どんな反応が返ってくるかと思うと、

「そう、じゃ、二日の外泊願いを書けばいいのね」

と、平然と返事をした。更に、恋人とでは許可もおりないだろうと言って、親戚の叔父さんという設定までしてくれた。

「よかったじゃない。やっと、寮を出てスイスが少し見れるわね。楽しんで来なさい」

母はそう言って、私を送り出してくれた。

待ち合わせの日、私は自宅から学校に通っているクラスメイトに混じって、ジュネーヴ行きの電車に乗った。寮生徒の私と放課後の電車で一緒になるなんて珍しい、と言ってどこへ行くのか聞いてきた友達に、「叔父さんに会いに行くの！」と私は元気よく答えた。

駅を出て少し歩くと見えてくる湖に浮かぶ小さな島で彼は待っていた。夕方の陽差しがまぶしすぎて、彼の姿はぼやけて見えた。ホントにいるんだ……私の胸から、信じられない気持ちと懐かしい気持ちがこぼれ落ちた。

それから三日間、私たちは未知のスイスを探検した。白くとがった大きな氷のような山を見たり、ガタガタの電車に乗ったり、足が棒になるまで歩いたり、冷たい空いっぱいに散らばった星を眺めたり……。

この間まで全く離れたところにいた人同士が、何ごともなかったように一緒の時間を過ごしていた。他人でも、恋人でも、家族でもない。でも、そのすべてでもあるように、彼は私に、緊張と心地よさをいっぺんに感じさせてくれた。そして、その先にある二人の限りない可能性も……。

この長いような短いような旅が終わる前に、私たちは再び湖を眺めていた。空は水と境がないほど透きとおっていて、遠くには小さくかもめに混ざった飛行機が細い雲を残していた。果てしなく続く未来のある日にこの場所を再び訪れたとしても、きっと今と何ひとつ変わりない静かな風が吹いているだろう、と疑いもなく思えた。

駅へ向かう途中、私の頬に水滴が落ちた。水滴は次第に大雨に変わり、目を開けていられないほど二人はずぶ濡れになった。何だか不自然なくらいリアルに、神さまに体を洗ってもらっているような気がして、約束もないまま、かすかに、確かな夢だけ感じ始めていた二人の体は、いつの間にかピカピカに仕上がっていた。

「さようなら、私の叔父さん……」

「うん、またいつかね……」

彼を乗せた電車はゆっくり動き出し、少し小降りになった雨のなかに消えていった。

花

生まれて初めて男の人に花をもらったのは十七歳の夏だった。

あまりに思いがけない出来事で、それからしばらくの間、なぜ人は人に花を贈るのだろうかと思い悩んでしまった。

その数日前まで私は、アメリカ人に混ざってフランス語の勉強をするために、ボストンにあるハーバード大学で二ヵ月間、夏期講習を受けていた。ほとんどマグレで入ったものの、その授業内容と宿題のハードさは息切れしそうなくらい大変で、一日が終わると本当にクタクタになった。

夏休みというのに、どうしてこんなに不眠不休でなきゃならないのか……なんて一人でブツブツ言いながら、自分で望んだことだからどうしようもなく、ローウェルという立派な寮の階段を私の最上階の部屋まで、毎日くり返し上ったり降りたりしていた。

ところが、そんな血と汗と涙のような学校生活も、無二の親友二人（あ、そしたら無三の親友か……）とめぐり会えたことでバラ色生活に変わってくれた。

彼らは私のクラスメイトで、共にハードスケジュールをこなしている仲間だった。一人は当大学の学生で、将来お医者さんになるために日頃から頑張っているアメリカ人。彼は好きな男の人とボストン郊外の素敵なお家に住んでいた。

もう一人は、人生ほとんどを海外で過ごしている日本の人。普段はボストン市内のロー・スクール（法律学校）で弁護士さんになる勉強をしている魅力的な女性だった。

二人とも二十代半ばのモノスゴク頭が良くて、性格も良くて、愛情だってアフリカの砂漠ぐらい広ーい人たちだった。こんな小娘の私をなぜ相手にしてくれたのかはわからないが、私たち三人はランチも一緒に食べ、週末も一緒に過ごし、クラスでも一緒……みっちり朝から晩まで、くる日もくる日も共に過ごしていたのだ。

昔の学園ドラマにも出てこないくらい立派な優等生のように、私たちは毎日お互いのわからない勉強をおさらいしては、少しずつ色々と習得していった。それが終わると、遊ぶ時間を作り、映画を観たり、ショッピングしたり、おいしいレストランに行ったりして頭の中を切り換えていた。

楽しいことも、大変なことも一緒に乗り越えた同志。私は彼らと作った沢山の思い出をかかえて、ひと廻り半くらい成長して久しぶりの日本へ戻ってきた。

そして、帰国後初めに会ったのが、私の今のダンナさん(前にもいたわけではないが)だった。その時ばかりは、「何となく自然に」ではなく、ちゃんと会う約束をしていた。手紙を通じたコミュニケーションの方が多かった二人が、実際にライヴで向かい合うのは初めてに等しかった。

ただでさえ、うちの前まで迎えに来てくれる男の人なんて会ったことないのに、片手に花を持って登場するなんて、ドキドキと恥ずかしさでかなり動揺してしまった。

勿論、揺れることはないのだ。男性ではあるが、ただの友達なのだから。でも、それまでいた私の男友達で、そこまでの心づかいをしてくれる人はいなかった。やっぱり少し「女性」な気分になった。

その晩は、食事をしながら色んな話をしようということで、親しい日本料理屋さんのお座敷を拝借することにした。

そこのおかみさんは入って来るなり、彼のことを何も知らずに、

「アラ、ややちゃん。同級生の方？」

なんてスットボケタことを言うのだ。当時彼は二十七歳。どうしたって、十七歳の私の同級生には見えないはずだ。

しばらくして、何かを思い出したようにまたまたおかみさんが飛ばしてくれた。

「アラ、アナタ。テレビの方じゃない？　この間、ヌードになった方よねェ！」

久しぶりの再会は、私の方がボストンの思い出から、自分の将来の夢の話まで、機関銃のようにしゃべってしまった。そして、おいしいゴハンも食べて、ひと通り私の興奮も落ち着いてきた頃、何かを彼が言い始めた。

「勿論、遠い先のことだろうし、こんなこと今言うのも変かもしれないけど……もし、いつかややちゃんが、結婚したいなと思う時期が来たら、選択肢の中に入れといて」

結婚のことなんて、考えたこともない私はこの話を聞いた時、思わず彼に酔っぱらっていないか、聞き返してしまった。

返事を求められたわけでもなく、ただ報告されてしまったのだ。私は、どう受けとめたらいいのかよくわからないまま、その晩彼と別れた。

うちに帰って、静まりかえった部屋のベッドに座ると、さっきの白い花が私の手ににぎられていた。私は遅ればせながら、少しずつ彼への思いがその花のように開かれていくのを感じていた。

結婚のプロポーズらしきもので、初めて互いの気持ちを知り合い、それから徐々に近づいていった二人は、何だか昔の許婚《いいなずけ》同士のようだった。

マサ右衛門さんとおヤヤさんは、次から次へと時間の許すかぎり旅をした。

行き先は、地図には小さすぎて載っていないほどの南の島だったり、真夏の情緒あふれる温泉だったり、江ノ電で行く海の見えるお寺だったり、焼かれた子ブタが丸ごと出てくる情熱の国だったり、真夜中の近所の細い裏道だったり……。

旅はそのつど二人の色んなところを教えてくれた。ゲラゲラ笑い転げる恐いところも、眉間《みけん》に皺《しわ》よせてこの世の終わりを見てしまったような顔するかわいいところも、チクチクわざとお互いを傷つけるイジワルなところも、そして、言葉で表せないほどもっともっと微妙で大胆で何だかはっきりしないけどついつい魅かれてしまう情けないとこも……出てきたものゼンブ、結果的には吸収し（傷跡もないと思う、まだよく確認してないけど）、それらがどんなに素晴らしくおもしろいことかを知ってしまった。

結婚とか一緒に暮らすこととかを具体的に思うようになったのも、そんなスバラシイような、クダラナイようなところをもっとのぞいてみたかったからだ。二人といない彼と私のそんなところを。

そうか。結婚ってそういうことなんだ。

妙に実感した二人は、あれから約一年半がたった元旦、まるでちょっとしたオママゴトでもするように、お互いに「どうぞ、よろしく」とあいさつをし合って、その年の夏には晴れてメオトとなった。

一緒に暮らし始めて半年が過ぎた今、望み通り「のぞいてみる」どころか、様々なことが具体的におしよせてくる。当たり前だ、他人事《ひとごと》ではないのだから。

結婚した相手は男の人で、生まれて初めて男性とひとつ屋根の下で暮らしている。こんな初歩的なことから生活の細部に至るまで、新鮮でショッキングなのだ。

「アナタ、この先だいじょうぶ？」

そう聞かれたら、

「エエ、じょうぶじゃないけど、だいじょうぶ！」

とよくわからないことを元気よく、うれしそうに答えるだろう……。

私の机の上には、淡い桃色の花が一輪おいてある。鮮やかな花びらとうっとりする香りで私をいっぱいにしてくれるその花は、彼がさっき持ってきてくれたものだった。

愛の大問題

「ミキちゃーん！」

「………」

「ねぇ、ミキちゃん」

「……え？」

「あっ⁉　ごめんなさい、雅弘さん……」

私は元気よく人の名前をまちがえるのが得意だ。呼ばれた方も気がつかないほど思いきりよくまちがえる。

勿論、わるぎなどこれっぽっちもない。頭の中は呼びたい人のイメージでいつもいっぱいだ。だからこの場合、単に口が脳の動きについてきてないだけのことなのだ。とは言え、自分とは違う名前を呼ばれた人は憤慨するだろう。私でも、ちょっと納得しかねてしまう。

私が名前を呼びまちがえる率は相当高く、まちがえる時には誰でもかれでもまんべんなくまちがえる。母を夫の名で呼び、夫を友達の名で呼び、友達をお母さんと呼ぶ。呼びまちがえるからといって、その人を軽んじている訳ではない。親しい人に思いを届けたくて、気持ちのテンションが上ってしまい、脳内回路がショートしている、らしい。でもこんなわたしの性癖は大いに愛する人の気持ちを逆なでしてしまう。

そんな時、あやまちを母はあきれて聞き流し、友は自分の名をよーく私に言い聞かせ、夫は本気で悲しそうな、やるせない眼差しで私に怒る。

彼はよく、「愛は差別することから始まる」と言う。夫、母、友達、そのおかまいなしの私のあやまち、そそっかしさが、決して私の本意でないことを理解してくれているからこそ、彼は私の「差別」なしの平等主義にとまどう。自分を「差別」して別格に愛しているのか、と……。

これが私たち新婚さんの唯一の、そして大きな問題だ。

恋人同士の愛に対する価値観が違っていたら、それはもう危機だと言っても過言ではないはずだ。危ないどころか、そんな二人では、初めから恋人としての接点が見つからないだろう。

でも彼と私は、恋人になる前も、恋人同士から夫婦となった今も、ずうっと変わらず愛に対する考えが異なっている。これはもう致命傷だ。そして悲しいかな、この問題はあっさり「ハイ、これは治らない病気です」と言って片づけられることではない。愛という名のもとに家族として手をむすんだ二人が、もしかしたら一生、交わることのない平行線上を走っているだけなのかもしれない！

まあ、困ってしまうくらい重要なことだと思いながら（否、自分に言い聞かせながら）も、ひとりよがりの幻かもしれない自分の抱く愛ごころをついつい貫いてしまっている私なのだ。

人間どんなときでも妥協は必要だ。なんてわかったような、わからないようなことを言っているが、今の私はただ自分を主張しているだけで、そうしたいがために、自分の不注意で名前を言いまちがえていることも、愛（愛し方）のせいにしてしまっている。けしからん！　というわけで名前の件に関しては、妥協でなくて、「自分の非を素直に認めて改める」というのが必要なだけだった。

でも名前を正確に呼んだところで、二人の愛のかたちが同じになるなんて簡単なことではない。私は好きな人を皆、愛している。全く同じようにとは言わないまでも、やっぱり皆も彼も好きだという点では変わりない。

しかし、彼にとって愛はかなり特別なものとして、別格扱いされている。だから、そう気やすくたくさんの人を愛することができない。彼は幾百万の中から出会いそして選んだ相手、その意味で「差別」した相手に莫大なエネルギーや犠牲をはらうことではじめて実感できる、自分に固有の愛し方や生のかたちを見たいと思っているようだ。誰とでもそんな関係はつくれない。特別な関係は、そうしたことを気づかせてくれる聖域なのかもしれない。

私だって、彼の言わんとすることはよくわかるし、大賛成である。お互いに様々な刺激をあたえ合うことによって、生きる活力が湧きあがってくるというのは人間関係の理想でもあろう。まして結婚すること自体、相手を大勢の人の中から選びとり、「差別」した結果なのだから。

だから基本的なところは別にズレているわけではないのだ。二人は、愛に対するイメージと愛し方の好みが違うだけなのだ。

これは、たかが好みされど好み、のような困った大きな問題にも見えるが、実はむしろうれしく歓ばしい大問題なのかもしれない。

それぞれの最も「愛《いと》しい」という想いさえ共通してれば、表に現れる愛のかたちが違うぐらいの方が断然おもしろい気がする。フラストレーションだって過多でなければ、気持ちの良い刺激になっていくかもしれない！

二人の愛のかたちは死ぬまで一致しないかもしれないし、明日には重なり合うかもしれない。どっちにしても、チガイは二人にとって歴然としている。しかし、スレ違イをそれぞれがひとり悩む、といった具合からはほど遠い。二人は違っているし、そのことでお互いが傷つくけれど、この相手にならら自分を委ねられる、という基本的な信頼感があるからこそ、不協和音のヴァリエーションを楽しむバネにもなっている。しかし親しき中にも礼儀あり、まず私の例えば次のような、あまりにスットボケタ、失礼もはなはだしい言葉を撤回しなければならない（そうです。私がどんどんハズそうとしている張本人なのです……）。

「はあ、ごちそうさまでした。ホントにお寿司おいしかったねェ。もう、あのお寿司ナシでは私、生きていけないくらい好きだわぁ」

「ねェ、それってさぁ、ワタシ（彼は自分をこう呼ぶ）と同じようにお寿司が好きってこと?」

「そう！　その通り！　両方とも大好き！」

「…………」

「…………」

食べ物と恋人を比べるまでもないが、どちらにしても、生きていく上でなくてはならないものだという意味では何ら変わりはないのだ。そしてだからこそ、これは何でもよしという訳にはいかない。大好きなお寿司であり、世界中どこを探しても見つからない、たった一人の彼なのだから。

トロイヤヤコ

「夫婦でいつも何してるの？」

最近、友達によく聞かれる言葉だ。何してるって、そんな、ただ漠然と聞かれても……と戸惑う私に、同年代で奥さんの友人がいない友達は珍しそうに、いつまでも聞いてくる。

「ねえ、どんな、どんな？」

「どんなって、別に人間同士で合体しちゃったわけでもないし、普通に人と人とが一緒にいてするようなことだよ」

友達もそんなつまらない返事が聞きたいわけじゃないだろう、と思いつつ、他の言葉も見当たらないまま、私はひとり考え込んでしまった。

私は生まれたときから、トロイヤヤコで通っていた。初めて会う人からは、「まあ、おっとりしていて……」なんて慰めのお言葉を頂くこともあったのだが、私をちょっとでも知っている人は、「もう、何でそんなにトロイの!?」と、呆れ返るのが常だった。

何がトロイかというと……自慢ではないが、もう、何から何までなのだ。しゃべるのは勿論のこと、ごはんを作るのも、お風呂に入るのも、とにかく動作全般が、しっかりとトロイのだ。おまけに頭の回転までトロイときたら、言うことナシのただのおバカさんである。

動きと頭の回転の早さにおいては、右に出る者はまずいないだろう、と思える私の母は、

「そんなの、自分でシャキッと素早く行動しようと思えば、いくらだって早くな

る！」

　と、私に断言する。

　が、しかし、そうは言ってもうまくいかないから、トロチャンなのである。これは、持って生まれたものとしか言いようのない、根深ーい性質なのだ。いくら心がけても成果は一向に上がらない。

「君のトロサは、そのマブタがいけないんじゃないかい？」

　と、ひとに言われたことがある。

　たしかに私のマブタは眠くないのに「ネムイノ？」と言われてしまうような、重ーく半分閉じたマブタなのだ。私は一瞬ハッとして、何か大きなヒントをもらった気になり、自分では普通だと思っていた眼を精一杯開いてみた。

　すると、

「ああ、それ普通、フツウ。ヘエ、君、そんな顔してたんだあ、ちゃんと眼を開けると」

　と、そのひとに感心されてしまった。

そうして見るといつもの倍大きく開いた眼には、いままで見たことのない広ーい世界が映っていた。感動の嵐。

新しい視界を手に入れた私は、普段より動きが敏感になり、テキパキとしていた。ところが、数時間後には無理が生じてしまった。やはり、思いっきり開いた状態は、私のマブタの許容範囲を超えていたのだ。疲れがドッと出てしまい、テキパキどころかヘトヘトになってしまった。

やっぱり、ダメなものはダメだ。だいたいトロクて何が悪いのよ。世の中は、色んな人間がいてこそおもしろいんだから。いいじゃない。それに、速さの基準なんて、ある方がおかしいわ……と、開き直るしかないのであった。

私の運命のひと（配偶者）は、私と同じくらいゆっくりなひとだった。知らぬ間に波長が合っていたのも、このためなのかもしれない。いいのか悪いのか……いや、いいのである。彼といると、今まで感じたことのない自然な私のリズムが生まれてくる。時間の流れるゆったりした音まで聞こえてきそうなくらい。

そこで、二人でいつも何をするかという前述の友人の質問に戻ると、ゆっくり話しているの。勿論、それだけだったら今頃飢え死に状態だが、生きる上で必要な行動以外はとにかく話しているのだ。

いろいろなテーマで、話は始まるのだが行く末はいつも同じになってしまう。矛盾だらけのゴチャゴチャに。

ひとのことでも、宇宙《そら》のことでも、音楽のことでも、明日のことでも、どうしても、矛盾というのにたどりついてしまう。

私たちの存在自体が矛盾してしまっているように、この世のすべては矛盾のかたまりのようなものだ……というのは根本的にあるとして、と言いながらそう断言すること自体、まままた矛盾しているのかもしれなくて……と、まあ、矛盾について語り出しても終わりはないのだ。

終わりがないから普段はみんな、そんなこと考えないように生きてるのかもしれない。与えられた生活を、それぞれ自分なりに生きるためには、考えることも話すことも、グルグルしてるだけではいけないに決まっている。でなければ、前にはなかなか進めないから。

同じグルグルでも、うず巻きのように広がりのあるグルグルなら、いいのかもしれない。自分ではずっと同じところを回っているようで、実は少ーしずつでも外側に回りながら変化しているような。

幸い二人の話は、矛盾の壁にぶつかってくだけてしまうのではなく、気持ちいい矛盾のトランポリンの上で跳ね返っているのだ。空に押し出される高さもわかるかわからないかずつでも、確実に昇っていく。それも、超スロー・スピードで。

ところで、先ほど速さの基準について文句を言ったけど、やっぱり少し反省します。いくら本人がよくても、マイペースに浸ってるうちに気がついたら、まわりに何もなくなっていてたった一人きりだった、ということがないとも限らないので……。

しゃしんのおかげ

「ジャーパニーズ！」

私がカメラを取り出すと、外国人の友達はたいてい、このようにはやしたてた。どうやら日本人にはカメラがつき物という印象があるらしい。

街を歩いている人が日本の人かどうかを確かめるのにも、ある友達は、

「絶対に日本の人よ。保証するわ。だって、ホラ、右手にカメラをぶら下げてるわよ」

と断言していた。

外国映画にしても、日本人の観光客を表現する時によく、カメラを持って登場さ

せているのを見かける。

　別に私だって、カメラマンのように沢山写真を撮っているつもりはないのだが、あまりカメラを持ち歩かない人にしてみると、よくも、まあ、プロでもないのにそれだけ写真撮ってられるわね、という気分なのだろう。

　ある時遠足にカメラを持って行き、その時の雰囲気を写真におさめようと励む私に向かって友人が、

「ダメよ、ややこ。写真なんか撮ってないで、もっと実際に感じられるものに集中しなきゃ」

　と言うのだ。その通りなのだが、カメラがあるとその素晴らしさを具体的に残そうとしてしまう。何だか自分の記憶力に自信もなくて、つい……。

　でも、何と言っても一番楽しみなのは、現像した写真を見る時だ。もしかしたらこの時の喜びは、自分のイメージして写したものがどんなふうに表されているのか、つまり大げさではあるが自分のアーティストとしての作品の出来を見るのと同

じようなものかもしれない。ということは、日本人は写真に対してとてもアーティスティックな感性を持っているに違いない……と勝手に思い込んでしまう。

ちょっとアートとはかけ離れてしまうが、遠足の時にある友達の恋する人の写真を撮ってあげたことがある。すると、先ほど写真と感性について立派な助言を授けてくれた友人が来て言うのだ。

「ヤヤコー。あなたは絶対、写真を撮る才能があるわー。ねエ、私にもあのコみたいに、彼の写真撮ってくれない？♡」

ところで悲しいかな、私のフォトコレクション中で、最も気に入っているもののほとんどが、自分でフレームをのぞいて写したものではない。

フレームをのぞかずに伸ばしきった腕の先に持ったカメラを、写したい方に向けて適当にシャッターをきる、という方法で撮ったものが、何とも言えないニュアンスを醸し出すのである。ポイントは、出来上がった時に被写体が予想外のアングルで写ってたり、ブレてしまってたりして、妙な空間と動きを引き立たせているということだ。

それじゃ、誰が撮っても同じじゃないか！　まったく……そのトオリ……。ただ当然のことだが、その人が、その瞬間、その場所で、そのように腕を伸ばして写した写真というのは、誰にも真似できない世界でたったひとつのものなのだから、それはそれは貴重で意味のある立派な作品だ、と私は思っている。したがって、私はこれからも特別な事態以外でも気持ちの赴《おもむ》くままに、時間や空間をカメラで切り取っていきたい。

いつだったかテレビで見た林家ペーさん&パー子さん御夫妻のカメラの扱い方には感動させられた。フレームをのぞいた途端に、彼らは自分の視線のなかのものとして被写体を捉えていくのだ。そのシャッターを切るスピードと減っていくフィルムの枚数には、見る者が圧倒されてしまう。趣味とはいえ、あれだけの迫力と気合いで写真を撮る人たちには、プロ以外でお目にかかったことがない。写真は、きっとスピード感溢れる不思議な魅力のあるものに仕上がっているに違いない。いつの日か彼らの作品を拝見できたら、と願う今日この頃なのである。

主人と私から成るニューウチダファミリーも、ペー&パー子さん御夫妻には劣るが、れっきとした写真フリークなのだ。とはいえ、専門的なことは何ひとつ知らない、撮りっ放しのニセフリークだ、という声もあるが……。

被写体を見つけては、いつまでも凝りずにそれを撮り続けてみたり、時にはわざわざ被写体を作ってまで写真を撮ったりもする。先日も、第三者から見たらあきれられてしまいそうなことを、朝になるまでしていた。

お化粧なんて結婚式の時を入れても数える程しかしたことのない私に、興味を持った主人がメイクをし始めた。一応一人前の女性のはずの私が、男性に器用な手つきでお化粧してもらっている光景は、妙としか言いようのないものだった。

「ちょっと、違ったかなあ……」なんてぼやかれながら、私は緊張気味に鏡の前で目を開けた。そこには今までに全く見たことも想像したこともない、女の人というよりは不思議な生き物らしきものがいた。それは、今まで見ていた自分のもとの顔そのものの印象をすっかり忘れさせるほどの変わり様だった。

眉と目と唇にちょこっと手を加えただけで、一見、「アレ、良い感じカナ?」と思ってしまうが、実はやっぱりキモチワルイ顔に仕上がったのだ。良いのか悪いのか大喜びの私たちは、早速カメラを取り出し撮影大会を始めた。

狭い部屋であらゆる背景を探しては、ポーズや表情を変えてひたすら撮り続けた。しまいには、浴槽にまで入ってシャワーヘッドをマイク替わりに、熱唱するシーンまで作ってしまった。

出来上がった写真は、勿論自己満足に留まるもので、とても他人に見せられるような作品ではない。当然これらの行く先は、家族アルバムの中で静かに眠るしかないのだが、こうして個々にそれぞれのアートライフを歴史に刻んでいけるのだな、と思うとちょっとしたカメラ遊びでいっぱいいっぱい得をした気がする。

カレとカレー

こないだはグリーンカレーペースト一パックまるごと入れちゃって、口から火が噴くくらい激辛に仕上がったから、今度こそ慎重に、普通に食べられるおいしいタイカレーを作るぞ。

よく見れば袋に書いてあった、ペースト四人分って。ああ、これだから全く！

私はごはんを作る時、緊張し過ぎて何がなんだかわからなくなるという癖がある。他人のために作ったことがあまりないから、いろいろあがってしまうのだけど、もうさすがに慣れてもいい頃だろうが、いまだに初心者並みなのだ。

調理中に他人が横で見ていたりした日には、縦に切ろうとした野菜は斜めになり、後で入れようと思って別に置いておいたおしょうゆは結局入れ忘れたりと、出来上がりはかなり悲惨なものになってしまう。愛情はこもっていても、味が「?」なものはどうしたって困るばかりだ。

よく食べる二人のために三人前のカレーを作るから、ペーストも四分の三をお鍋で空炒りすることにしよう。リンゴジュースに漬けておいたひとくちで食べられる大きさのチキンを、香ばしくなったペーストにからめる。ホントは入れなくていいのだけど、玉ネギのみじん切りも何だか入れたいから一緒に炒め合わせることにしよう。

チキンがこんがりして、玉ネギも透き通ってきたら、チキンと同じ大きさの赤ピーマン、黄ピーマン、それに筍《たけのこ》も入れて、全てを炒め合わせる。そして、薄くコンソメを煮溶かしたスープを、すべての材料がひたひたになるまでいれて、最後にローリエを加えてそのままぐつぐついうまで煮る。

そう、そう。この間にサラダの葉っぱとトマトとマッシュルームを洗って、食べやすく切っておかなきゃ。ドレッシングは、タイのフィッシュソース入りの酸っぱ辛いのでOK。といでおいたもち米を炊き上げるスイッチも入れたし。えーっと、あとは……。

あ、ココナッツミルクの缶を開けなきゃ。あっと、この前もこの缶切りうまく使えなかったんだ。ここをカチッとはめながら動かすんだけど。ホラ、これがうまくいかない。

アッ！　お、お、お鍋が溢れてるう?!　やってしまった。せっかく今日は誰も見てないし、落ち着いてスムーズに事をはこんでいたのに……。えっと、火を止めて少し待ってて下さい、カレーさん。

このカンキリーッ!!　お母さんも言ってたよなあ、「バカと缶切りは使いよう」。違うわ、ハサミだった。

ん、よしっ！　開いた。ココナッツミルク一缶入りまーす。混ぜながらナンプラーを味見しながら加えたら、隠し味にみりんを少々。あとはそのままテーブルセットするまで、弱火で煮ておけば、はい、ナイスカレーのでき上がり。

　さっき冷凍庫に入れたグラスを出したら、氷のように手にひっついて冷たくなった。それに更に冷えたビールをついだら、頭が痛くなりそう。ローソクの炎ぐらいじゃ、あったまらないよな。まあ、熱くてカラいものを食べるんだから平気よね、イエーイ。

　今晩はテーブルで食べるんじゃなくて、どこ風かな？　アジアのどこか知らない国のカギっ子兄弟の晩ごはん風（？）に、床に細かく不思議な色の模様が入ったクロスを敷いて、その上でワンダフルカレーナイトを開くことにしよう。

カナシイ人間物語　その（二）おふろフェチ

私はおふろをこよなく愛している。正確には、おふろの中のお湯が私のからだを包み込む状態が好きなのだ。もし、私からおふろを取りあげたら、私は生き延びる自信すらなくすであろう。

おふろは私の安らぎの場。嬉しいときも悲しいときもなんでもないときも、一度おふろにからだを沈めると、こころがジワジワしてしまう。

おふろに片足を踏み入れただけで、嬉しさは私の知っているすべての歓びに変わり、悲しさは私の知っているすべての哀しみとして広がる。とりたててなんでもない時にしても、なんでもなさの穏やかなそよ風に煽《あお》がれ、この上なく心地良い。

にじみ出る、色んなこころが、湯のぬくもりと混ざり合ったとき、やっと私は自分に返る。そして、私がワタシであることが、妙に感動的なのだ。

この至福感はたとえば、恋人に触れられたときの歓びに似ているかもしれない。温かい湯が一ミリのすき間もなくヒフを埋めていることを感じると、その瞬間、私は宇宙一のナルシスになれる。

おふろは私の一方的な愛を、二十四時間体制でいつでもやさしく受け入れてくれる。どんなときでも、私に深く感じるこころを提供してくれる。ああ、なぜにそこまで寛大なのだ、おふろさん。私はあなたのことを想うと、アツイ感謝の涙でいっぱいになってしまう。もうあなたなしでは生きられない……。

そこへ、どこからか声が聞こえてくる。

「ややこ、あなたにとって愛とは何？」

「うーん、温かいぬくもりと、冷たい刺激のバランスのもとに、生きるエネルギーを与え合うこと……かな……」
「今、あなた、合うことって言ったわね。そうよ、愛は合うものなの。一方的では、
そこからは何も生まれないわ」
「ああ、そうかあ……わがままな愛ではダメなのね……。
えっ？　でも、私は今までずっと、おふろさんから変わらぬ愛を受けてきたわ」
「そうよ、ややこ。でも、それは相手に感情がないからよ。あなたは物との愛と、
人との愛をゴチャ混ぜにしてはいないかしら。ちょっと、それは危険なことよ」
「わかったわ！　人の愛と、おふろの愛は違うものなのね。ちゃんと区別するよう
に頑張るわ。ありがとうホントに、ありがとおおお。
アラやだ！　おふろのお湯があふれちゃったじゃない……」

ウレシイ人間物語　その（一）指輪

私の左手の薬指には指輪があります。それは、最近いつも私の指の同じ所にあるものなのに、発見するたびにその存在に驚いてしまいます。普段あまり指輪を身につけることがない私は、それにうめ込まれた三つの小さなダイヤモンドを眺めては、それにしても人間て不思議なものを身につけるんだなあと感心します。そして、しばらくボウ然と眺めていると、やっとそれが私の結婚指輪だということに気がついてくるのです。

朝、目覚めると隣に人が眠っています。さすがにその人が誰だかはわかるのだけど、まるで、久しぶりに仲の良い友達に再会した時のように思えてきます。そして一日が始まり、私の好きな色んなものが思いがけなく存在してることが見えてくると、何だか嬉しい気持ちになります。

ウレシイ人間物語　その（二）血

私には何の疑いもなく、もう、それは皮膚感覚の中にあって取り除くことのできないほど自然に、当たり前に、愛している人がいます。でも、それらの人はみんな血がつながっている、家族という枠に当てはまる人ばかりです。お父さん、お母さん、おじいちゃん、おばあちゃん。みんな、私と同じ何かが少しずつ身体の中に入っています。

ところが、家族の枠に入っていても、皆がみんな血がつながっているわけではありません。家族っていうものを初めにつくったお父さんとお母さんは、これっぽっちも同じ血が入っていません。

　ふたりの間にこどもができたら、そのこどもとお父さん、そのこどもとお母さんは、それぞれに同じ何かをもっています。でもやっぱり、お父さんとお母さんはどうしても同じ血を、お互いの身体の中にもつことはできません。

　それなのに、お父さんとお母さんが夫婦という立派な家族というジャンルに属していることを思うと、不思議で不思議でうまく眠りにつけない夜もありました。

　同じものが身体の中にない人を、ある人と同じくらい、あるいはそれ以上愛したことがない私には、想像することすら難しいことでした。

　大きくなって私は血のつながっていない人を、つながっている人くらい、もしかしたらそれ以上愛することを知りました。そしたら今度はひとりの人が、兄妹でもあり、お父さんでも、お母さんでも、本当のこどものようでもあることが見えてきました。

　なあんだ。何の疑いもなく、自然に、当たり前に、血のつながっている人を愛せるのは、血のつながっていない人を、それ以上に愛せるからなんだ。よかった。眠れる。

ウレシイ人間物語　その（三）My Favorite Things Dec. 30th 11:02 a.m.

目をつぶったときにまぶたから透ける太陽の光、体にさわるぬるい風、冷たい星の黒い空、薄くちぎれた雲と絵の具で描いたような厚い雲、枯れ葉色に揺れる大きな木、痛いくらいに空から落ちてくる雨、指と指のすき間からこぼれる細かい砂、どこまでもみどりの草のにおい、道端にころがるぬれた石、降りたばかりの粉雪……。

時々光の具合で見える空気の中のミクロのほこり、置いとくと何時間でもそのままの形でねているグニャグニャの手の平サイズのぬいぐるみ、赤と青と白と黄色がせつないほど鮮やかなムービー、うとうとしながら向こうで聞こえる話声、壁にうつるユラユラの影、しそと塩とかぼすをたらした平目の小さなお寿司、いつの間にか口ずさんでいる懐かしいメロディ、眠れなかった夜のオレンジ紫の朝、寝ころがっているとジワジワ温かくなる床、見るだけで空を飛べるくらいカッコイイ絵本、そういうものを一緒に愛してくれる大切な人。

M・U・

きのう、ぼくは隣の町の
丘のうえにのぼった。
そこは、町で一番
太陽に近いところだった。

草のうえには
太陽の風が流れてて
小さな花が
咲いていた。

小さな花は
空を向いていた。
ぼくも
空を向いてみた。

白い光が
ぼくを包んだ。
ぼくはもう
太陽のこどもだ。

with "All Apologies" by Sinéac O'Connor

M. U.

あとがき（ふうなもの）

最後まで読んでくれたんですか？

それは、それは、本当におめでとうございます、ではなくて、ありがとうございました。

この本は、今（一九九五年十月頃から十二月までの今）の私が人生十九年目にして、思わず書いてしまったものを集めたものです。

かけがえのない三人の友達というか家族とのことを、少しだけでも何かのかたちで残せたらいいなあ、と思いながら書きました。

そして勿論、その他にも私に色々な影響を与えてくれた人たちとのことも、文章にしてみたくて書きました。

こんなたどたどしい文章力でどこまで私の感じたことが表されるのか、または、人に伝えられるのか、正直言ってあとがきを書いているたった今も、「ホントにこういうので大丈夫かなあ……」という気持ちでいっぱいです。

私自身、そんなに沢山の本を読んだことがありません。嫌いなわけではなくて、たまたま、出会う機会が少なかっただけなのです。でもチャンスがなかったと言っても、これだけ本屋さんにも、図書館にも、家の本棚にも、あふれるほどの本があるのだから、単に私の興味不足だったのですね。

今、私の言っている本というのは、字がいっぱいの小説とかのことです。けれども、本にしても様々なかたちのものがあるわけで、私にもそういう意味では大好きな本があります。

小さい時に大人からもらっていた絵本です。もう、それらに抱いた私の歓びと感動は、すくなくとも今まで私が読んだことのある、人にすすめられた名作小説よりも、はるか彼方の違う次元にあるくらいすごいものです。

色んな国のものがありますが、私が最も愛している絵本は、ウージェーヌ・イヨネスコさんの文で、エチエンヌ・ドゥレセールさんの絵から成っている「ジョゼットかべをあけてみみであるく」といいます。これはシリーズものなんですが、残念なことに、すぐいらないものを処分してしまう私の母が、私の留学中、いらないものと勘違いしナンバー2以外を捨ててしまいました。それを知った時、私は母と一日半、口をきかないくらいショックでした。本屋さんに聞いてもなかなか見つかりません。本当に素晴らしいものなので、皆さんももし興味があったら探してみて下さい。そして、万が一見つかったら、私にも教えて下さい（実はそれが言いたかっただけです。すみません）。

話がぜーんぜん「あとがき」らしくなくなってしまいました。でもあとがきらしいってのもよくわかりませんね……。

私はつくづく恵まれた人間だと思います。こんなに恵まれていて良いのかと考えてしまうこともあります。

人から見て恵まれてる感じがしても、本人は恵まれてる意識が全然なかったり（その逆もあり）、また人が見ても自分が見ても、はっきりと恵まれてるのがわかる場合もあります。きっとどんな人でも、そのすべての要素を感じる瞬間があるのだと思いますが、私の場合は（ただの世間知らずという噂もあるけど）何だかいつも恵まれてる感じがしています。

この本が、こういう「何だかいつも恵まれてる感じ」がしているひとの「ああ、そういうふうに恵まれているのかあ」というのがささやかながら感じられる、紙の映画のようなものに仕上がっていればと願っています。

何だか最後の最後まで、まとまりのない言葉になってしまいましたが、「大人になる前の子供が最後になんか言ってたなあ」なんて思って許して下さい。

あと十時間ちょっとで、一九九六年になります。赤井さん（朝日出版社）は私がこれを書き終えるのを、うちのアルバムを見ながら静かに待っててくれています。秋山さんも今頃お家で私の原稿をチェックしてくれているはずです。やっぱり私は恵まれています。「ありがとうございます」と言っても、私の感謝はうまく伝わらないかもしれないので、秋山さんも赤井さんも、そして私をささえてくれたすべての人も、図々しいですが、それぞれのイッチバーン嬉しい「ありがとうございます」を想像して下さい。

一九九五年十二月三十一日　也哉子

文庫版あとがき（一）「いろんなねいろ」

あああっという間に十年が過ぎた。こんなにも十年という時間があああっならば、生まれてから大体八回もあああっと言うと、私はなくなるのかなあ……なんてしみじみ思う。十九歳だった私と、三十歳の私とでは何が違うのだろうと考えてみる。すると、悲しいくらい何も変わっていない所と、確かに何かが変わった所が見えてくる。そのままというのは、私の体内時計のリズム。この時計の針は、スイスの名職人も敵わぬほどの変わらなさなのだ。たとえリズムが狂ったとしても、人生という尺《しゃく》で眺めれば、その狂い方のタイミングとふれ幅の強弱は一定の法則を保っている。「人は変わらない」というのは、こういうことなのだろうか。きっと、良くも悪くも、私を私にしているのが、この変わらないリズムなのかもしれない。

それなら、変わったことは何なのか。それは、一定のリズムを刻む私のまわりの楽器の種類と量が増えたこと。シンプルなリズムと、複雑なリズムと音色が絡み合うハーモニーは、どちらも私が奏でた異なる音楽。ちょっと踊りだしたくなる現在のミュージックに変化したのには訳がある。たとえば、小学生のこども二人が私を「お母さん《マミー》」と呼んでくれるようになったのも、大きな理由のひとつだ。大切な人と一緒になり、家庭というガーデンを耕していたら、ひとり、ふたりと実がなったのだ。ごく自然なことかもしれないけれど、この自然ほど不思議なものはない。さほど自覚がなくても、自然と私は親になってしまった。この間まで右も左もわからないこどもだった自分が、いつの間にか命を育てる大人の立場にいる。こんなに捉えどころがなく圧倒されてしまう出来事は、大いなる自然の仕業《しわざ》以外にありません。そして当然のことながら、後戻りもできません。

こどもは生きもの、生モノだ。ちょっとの間も待ったなしというもの。おのずと、秒単位で進化するこどもを優先に親は生きようとする。こうして自分のやりたいことや、時間のゆとりは削られてくる。なんだか我慢することだらけの様に思える瞬間も多々あるけど、私みたいに隙《すき》あらば心の天気次第でどこかへ浮遊してしまうような性質《たち》の人間にとっては、片足にイカリがくくられているぐらいの状態が何よりありがたい。ま、言うなれば人生の修行ですな。ゴツゴツの岩が滝に打たれて、どれだけなめらかで丸い岩になれるか。痛そうな岩の方がカッコイイと思う人もいれば、すべすべの岩が気持ちいいと思う人もいる。どちらかと言えば私は後者なので、なるべくなら喜怒哀楽がうんと混ざった滝に打たれ、すってんころりんと滑ってしまうくらいの岩になりたい。こどもがいようがいまいが、人生は放《ほ》っといたって怒濤の連続だ。そこに、こちらの制御不可能な幼い生きものが加われば、そりゃ毎日が悲劇と喜劇の山を激しく上下するジェットコースターに乗ったも同然なのだ。見聞きした範囲で予測はしていたものの、やはり百聞は一見にしかず、これほどまでに心と体をかきみだされたら、最後には岩どころか砕け散ってサラサラの砂になるでしょう。

渋谷のスクランブル交差点を渡る人の波を眺めながら、「ここにいる一人、一人が在《あ》るのは、何千人、いや、何万人もの先祖が私と同じことを繰り返してきたからなのかあ……」と呆然としてしまう。私自身、自らの意思と関係なく、偶然生まれてしまったような気でいるのだけど、ここまでも、そしてこれからも命の聖火リレーは続いていくのかもしれないと思うと、人類、つまりは自然の凄さに鳥肌が立つ。

元来私は「どうしてもこれがしたい！」という願望が曖昧な人間だ。何事においても、「海で泳いでいたら、こつんとぶつかった浮木《うきぎ》によいしょと乗っかってみる」というゆるさが最も当てはまる。この性格は、呑気で楽なこともあるけど、そればかりでもふやけてしまいそうになる。そこで、私にとってのイカリが何故必要かが見えてくる。重りがあることで、溺れそうになればひとまず沈まぬように泳ごうとし、あせらず、しっかり、ゆったりと泳ぎたいと思うことで納得いく泳法を探そうとする。また、繋がれたロープが伸びる範囲でしか泳げないと「もう少し遠くであんなことがしてみたい」という自分の望みがむくむくと膨らむ。果てしなく自由にどこまでも泳いで良しとされるより、ある程度遊泳区域が定まっている方が、空想好きの私の本領が発揮されるのかもしれない。この境界線を越えてみようとか、いやいや、今はただここに浮んでいたいのさとか、自分なりに海を味わう濃度がなんだか濃くなるのだ。

「こどもは大変だ」というのは、あくまでこちらからのみの観点で、こどもからしてみれば、「お母さんは大変だ」の一言につきるはず。二十一歳で初めて息子と対面した時、私はお母さんではなかった。私はこどもを産んだ瞬間に母親になったのではなく、生まれてきたこどもと暮らしていく中で、序々に母親になっているのだと思う。「初心者ですが、どうぞよろしく」と息子と私は互いに握手をしたのだ。母親歴九年の今でさえ、私のあまりの未熟さに彼らは手を焼いている。「本当にご苦労さまです」と私を育ててくれているこどもたちに感謝したい。そして、母の日ならぬ、こどもの日には彼らに「肩もみ券」にあやかって「体くすぐり券」でも作って労をねぎらいたいくらいだ（迷惑もかえりみずに）。

お腹の中に赤ちゃんができた時、町中を歩くと世の中の妊婦の多さにびっくりした。その子が生まれて、公園デビューをした時、これほどの幼児が公園で遊ぶのかと感心し、ニュースでこどもの悲惨な事件を見ては、まるで自分のことの様に絶望する。人が生まれて成長する過程を目の当たりにすることによって、自然と世の中に存在する人や事柄に心が開いていった。人として、人を育てる以上、もう他人事という感覚そのものが薄らいでいくのだ。こどもを介さなくとも、人間の営みを慈しめるだけのふくよかな感性を持つ人は世の中に沢山いる。身近にもいるそんな人たちに、私は計り知れない憧憬を抱く。けれども、私の場合は文字通り〝体当たり〟を通して、ようやく生きていく上での柔軟体操ができてきたように思う。そして、基礎体力作りの道のりはまだまだつづく……。

朝、目が覚めて、あくびして、顔洗って、歯を磨いて、ボタンをかけて、かけ違えて、ごはんを食べて、「行ってきまぁす」「行ってらっしゃい」と声かけて……そんな当たり前の日常をくりかえすことが、どれだけ平和なことか。ふと胸が詰まることがある。ジェットコースターで乗り物酔いすることも多々あるけれど、時折、目の前に現れる眩しい朝日や流れ星や家々の窓からこぼれる光の輝きに心をうばわれながら走り続け、いつしかその時が訪れたら、見事なジャンプで飛び降りることができたら本望だ。もしも、「何の因果でこの乗り物に乗ったの?」と尋ねられたら、私は胸を張ってこう答えるだろう。

「目の前を通りかかったので、おもしろそうだから飛び乗ってみたんです」

文庫版あとがき（二）なつかしいはじめて

二〇〇六年の八月から十月にかけて映画の撮影に参加した。お付き合い的なちょこっと出演はさておき、お芝居をするんだという真正面な姿勢で撮影に加わったのは初めてかもしれない。家庭内に芝居をする人間がこれだけいるのに、今まで演じることに興味を持たなかったのには訳がある。幼いころから娘に抱く母の願いは「まっとうな人、かたぎの人になってほしい」というものだった（別に『仁義なき戦い』の世界ではないのだけれど！）。母自身、役者になりたくてというよりは、――薬剤師になるべく勉強に励んでいたら、大怪我をして薬科大学の試験会場に行けず、途方に暮れていた時に新聞で文学座第一期生募集という記事を発見して、ふらっと試験を受けてみたら、受かってしまい、そして今に至る——という何とも本人のなかではしっくり来ない流れを辿っている。母は小さい頃から自称「引きこもり」で、その子がまさか人前に出るわけがない、と周りからも太鼓判を押されていた。だから彼女がテレビに出始めた頃、父親に「けいこちゃん（本名）によく似た人がテレビに出てるらしいけど、まさかお前じゃないよね?」と訊かれ、その時初めて家族に打ち明けたという。恥ずかしがりやの上に、手に職を持つことが何より大切と思って生きて来た人は、その想いとはまったく逆行する人生を送っているのだ。「役者は根無し草だからね……」と、よく自分のことをぼやく母の背中を見て私は育った。芸能事のように明日の保証などない不安定な職業でも、人間の羨望や嫉妬が渦巻く環境でもなく、なるべく地に足を着けて歩める健康的な日常を生きてほしい、ということを折に触れ説かれていた。両親とは対極の、ある意味とてもノーマルな家庭を持つ今となっては、その母親的な想いが理解できる。例えば、真冬の灰色にうねる波間に、敢えてわが子を投げ込もうとは思わない。勿論、こどもにとっては良いも悪いもなく波は波で、ある程度はもまれた方が逞しくなるに決まっている。けれども、あの両手に収まってしまうほど小さくて無力だった赤子時代から見守る親としては、どうにも荒波を前に躊躇してしまう気持ちが痛いほどよくわかるのだ。

とは言え、結果的にそのような有象無象の世界に生きる両親を持ち、自然と巡り合ったはずの夫まで、気付けばその世界を泳ぐ人であるなんて、矛盾もここまで度が過ぎれば、もう笑ってしまうしかない。私はそんなオブラートの様に薄らと張られた膜の向こう側にいる家族をいつも外側からけらけら頼もしく眺めていた。夫が異国の地で数ヵ月かけて演じた映画を、なんのためらいもなく見終えた時の気分で批評してみたり、母が二つの異なる作品にまったく同じ扮装で出ているのを見て「もっと真面目に仕事してよ〜!」と嘆いてみたり、あくまで作る過程などみじんも知らない一視聴者としての意見を直球で投げている。私はそんな彼等を鉄人だと思っている。どんな無理難題な意見を言っても、夫は「そう、そう、それは自分でもどうにも届かなかった所なんだ」と、自らの足りなさをまるで友人のミスを残念そうに客観視するように反省し、母も自分の演じる滑稽な役を「そうなのよ～おかしいでしょう～」と反省しつつも笑ってしまうのだ。そもそも他人にこう思われたら嫌だなんてささやかな恐れは、とうの昔に置いて来ている人間だった。他人に意見されること、裸の奥まで晒《さら》した自分を俯瞰することが仕事なのだから。その意味でも、なんて残酷な生業なのだろうとつくづく思う。人一倍の羞恥心を持つ彼等が、大勢の人たちの前で演じ続けるなんて、人間はなんて一筋縄ではいかない生き物なのだろう。内に籠ったかと思えば、突然花火のように飛び散って……彼等の精神構造はいつまでも迷宮に佇んでいる。

これほどの忍耐力と発想の転換が必要とされる「演じる場」に、ここへきてなぜ私は片足を踏み入れてしまったのだろう。その訳は、映画の撮影が終了した今もなおぼんやり霞んだままだ。ただひとつわかることと言えば、またもやようく頭を使わずに胸のざわめきだけで「やってみる」と決めてしまったこと。振り返ればいつもそうだった。九歳のアメリカ行きも、十六歳のスイス行きも、十九歳の結婚も、日々の暮らしから仕事に至るまでも、恥ずかしながら後先考えて行動したことがなかった。我ながら、よくぞとりあえずここまで生きてこれたと感心する。周りの人たちにどれだけ驚きや不安、喜び（ほんの少々）や怒り（爆発！）を提供してきたかは言うまでもない。謝って済むことでは決してないが、どうしても論理的に整理する以前に心と体が動き出してしまうのだ。そこへ、失敗してもさほど後悔しないとくれば、理性をどこかに落っことしてきた野人と思い、諦めてもらうしかない（謝っているのか、開き直っているのかわからない辺りがたちの悪い確信犯なのです）。

十代の終わりに「文章を書いてみて」と背中をつついてくれた秋山道男氏が、それから十年ほど経ったある日、またもやニヒルな天使のように私に呟いた、「映画に出てみて」と。前回と同じく、私の器量を遥かに超えた事柄をよくもこんなにまっすぐ提案するものだ、とぽかんとする私をよそに、実に明確に頼もしく作品の話を続ける秋山さん。こればっかりは生い立ちや家庭の事情で有り得ないと力説する私に、中川栄子、通称「オカン」という一人の女性を母と私の二人で演じてほしいというのだ。この突拍子もないアイディアに私は噴き出してしまった。けれども秋山さんの目はひとつも笑っていない、むしろ、おもしろいと真剣に確信しているのだ。シュールな冗談のような呼びかけに、いつものように即答できないまま会話は宙に浮かんでいた。

後日、『東京タワー　オカンとボクと、時々、オトン』という映画の台本を持ったプロデューサーと監督、そして、このプロジェクトにおいては企画プロデューサーという肩書きを付けた秋山さんと会うことになった。

「果物、ほら食べなさい」案の定、絶妙にミスマッチなリズムで私にフルーツを勧める秋山さん。プロデューサーの一人の孫さんは、偶然にも以前私が二冊の本を出させて頂いた出版社の社長さん。そして、唯一初対面のちょっと恐面《こわおもて》な小学生（ゴメンナサーイ！）みたいな男性が松岡監督。この独特な個性の男性三人に囲まれて、あの時どんな話をしたのか、見事なまでにきれいさっぱり思い出せない。ただなんだか濃い空気が漂っていたことと、監督が独り言のように「うん、やった方がいいよ」と呟《つぶや》いて、別れ際に「一週間くらい考える時間を頂けますか」と私がお願いしたことだけが、しっかり四色刷りで記憶に残っていた。

その後、意を決して家族に相談してみると、「それは自分で考えて、私とは全く関係ないところで決めなさい」とあっさり突き放す母と、「え、で、あなたはどうしたいの？」とシビアでまともな問いを投げ返す夫、「おもしろいアイディアじゃねぇか」と、やや好感を持った父とで、当然のことながら、誰からも「こうすべき」といった意見はなかった。つまり、挑戦しようがしまいが、もうとっくにオトナの私自身で納得し、責任を持つだけのことだったのだ。私の中の不釣合な甘えは、いとも簡単に消去され、「やってみよう！　一度の人生ならば、未体験の事柄を残しておくのはもったいないぞ」と素直に思うようになった。こどもたちもようやく小学生になり、時間的にも大分自由に動けるようになってきたし、何より、四十年以上も役者をしてきた母と、ひとりの女性の人生を分けあう（と想像しただけで）怖さ九割、好奇心一割という想いがあぶり絵のように浮び上がってきた。「どうなるかわからないけど、やってみてもいいですか？」

数日後、なんとも頼りない私の返事で映画の車輪がゆっくりと心の中でまわりはじめた。

気が付くと、初めてのことが嵐のように押し寄せてくる。度重なる衣裳合わせ、付け毛などの調節、老け用特殊メイクの型取り、ルンバのお稽古、魚さばきの練習、監督との本読み（台本を見ながら、台詞の練習）等々……。あまりのスタッフの多さに紹介される先から名前を忘れてしまったり、誰がどんな仕事をする方なのかがなかなか理解できなかったり、普段は隠すことに一生懸命な私の大根足を六、七〇年代的なタイトで短いスカートをはいて晒さなければならなかったり（涙）、カメラやマイクや照明などの機材や大勢の人に囲まれているのに、まるでいるのは息子と私のたった二人きりのように演じなければならなかったり……。

撮影初日は、体感温度四十度を越えるほどの真夏日だった。宮城県で本当に存在し、機能していた町を借りて、古い日本家屋の八畳くらいの居間で幼い息子と二人、布団に寝ているシーンから始まった。監督は素人の私にもわかるように、情況や動き方を丁寧に説明してくれる。今思えば、至ってシンプルなことなのに、その時は顔や手足の動きが全てちぐはぐになって、まるで試運転中のロボットのよう！　夜中の設定ということで、昼間の太陽がこれでもかと照りつける家全体を黒い幕で覆い、光と風も遮断したサウナ状態の中、私たちの汗は洪水の如く流れ続けた。「本番！」の声が木霊《こだま》した瞬間、真空管に封じ込められたかのように時が止まった。そして、私たちの布団のまわりの壁際にへばりつきながらも、重たい機材を支え、操っているスタッフの姿を目の当たりにしたら、胸が詰まってしまった。心身共に魂《エネルギー》を注ぎ込む大人たちは、あまりにも切なく美しかったから。もしかすると私は、あの日、やっと映画の一部になることを自覚できたのかもしれない。その後の三ヵ月間、自分の演じ方には不安ばかりだったけれど、この一途な職人さんたちに付いていけば、結果はどうであれ、「とにかくなんとかなる!」という漠然とした安心感に包まれていた。

「也哉子、もうちょっと素早く電気をつけてくれる?」

という、監督の指摘に夢中で応えようとして、蛍光灯の線を引っぱったとたん、勢いあまって線が抜け落ちてしまった。緊張の最中《さなか》、しでかした自らのNGに、全身から血の気が引いた私は、次の瞬間、呆れたスタッフの笑い声で救われた。しかし、生き還ったのも束の間、その後オトン役の小林薫さんの頭をフライパンで強く叩き過ぎて、頭中に星をちりばめてしまったり、本番直前に緊張の末(?)居眠りをして顔にくっきりと椅子のぬい目跡を残し、スタッフを愕然とさせてしまったり……、次々ととんでもないミスを連発してしまったのだ。

「オカン」を母と分け合うという難題を前に、何かしら話し合いが持たれるかと思いきや、撮影に入る前も最中も、そして現在に至っても、何ひとつ樹木さんからの助言も、私の不安からの問いに対する答えもなかった。この徹底ぶりは、役者的に意図することがあったからなのか、ちょっとした照れからなのか、今もっても謎に包まれたまま。本人に尋ねても「そんなことを話してもしょうがないでしょう」と片付けられてしまうのだ。もうこうなれば、勝手に各々挑むしかない。けれどもたった一度だけ、母と一緒になったシーン——遺体となったオカンの横で若きオカンが息子に話しかけるというものがあった。それまでとはまた違う妙な緊張感に包まれ、あまりにぎこちない私の台詞を聞くと、白い布を顔に被せられ横たわる母がひとこと、

「書きなさい」

私が言い間違えていた方言のイントネーションを正しく言い直したのだ。このあまりに滑稽過ぎる状態においてぼそっとこぼれた母の最初で最後のひと言がおかしくて、思わず笑いが止まらなくなってしまった。しかも、笑っているのは私ひとり

だったように思う。そして、何事もなかったように撮影は淡々とつづいた。
オカンを巡る樹木さんとの想い出はこれっきり。ただ不思議なことに、その日、一番楽しかったのは、お昼休憩に近所の台湾料理屋に二人して扮装のまま(母は青白い死に化粧。私は若作りメイク!)、傘さして歩いて行き、中華そばやら餃子《ぎょうざ》やらを頬ばりながら、映画とは全く関係のない他愛もない話で盛り上がったこと。変わった親子だなぁ、という辺りの人たちの心の声が聞こえた気がした。

現場ではほとんどモニターチェックがなかったため、正真正銘、映画が出来上がるまで、自分が何をしていたのか客観視できないままでいた。もう恐怖を通り越して、降参したい気分。たとえ監督が「OK!」と合格サインを出しても、到底、何が良かったのかも、はたまた何が悪かったのかもわからないまま、ズルズル、いやトントンと最後のシーンまで来てしまった。結局、私はひたすら映画という得体の知れないものに、身を任せていただけなのだ。だから、「この度、演じてみていかがでしたか？」と尋ねられても、逆に「え、えんじるってなんですか？」と聞き返し、全く噛み合わない会話になってしまうのです。

ひとつだけしみじみ思ったのは、映画はまるで巨大な人文字のようなものだということ。携わる数百人の人たちが、それぞれの持ち場で特性を活かしつつ、たったひとつの物語を一丸となって紡いでいく。一人、一人の調和がとれて初めて成立するのだけれど、単にきれいな姿形だけでも、精密な計算だけでも生まれない、つまり人知の及ばない力が吹き込まれなければ、人の心に響くものはできないということ。「映画は魔物」という耳慣れた言葉の大いなる希望と葛藤を含んだ本当の意味を、身を持って知ることができたのかもしれない。この先、私が一映画ファンとしても、そして、きっと生涯映画に関わるであろう家族を持つひとりとしても、この純粋な映画の魅力を知れたことは、一生消えない私のこころの印になったのです。

こうして、十年以上の月日が流れても、変わらない――私は恵まれているということ。近頃は図々しくも、「きっと前世で良いことでもして貯金があるのかしらん?」なんて思ってみたり、とはいえ結構ここまで山あり谷ありだったぞ……え、つまり痛みに鈍感ってだけのこと!? と複雑な思いでこんがらがってみたり。理由など見つかるよしもないので、とにかく、すぐそばや遠いところにいる友人や家族、会ったこともないけど私の細胞の記憶に残るご先祖さま、そして、〝つながるといいな〟命のリレーの先々にいる人たち、これらを全て乗っけたまま寡黙に回りつづけてくれる地球に「ありがとうございます」と伝えたいです。こんなに恵まれているのに、ついつい忘れて溜め息をついたりする矛盾だらけの私ですが、なるべくなら、この感謝の気持ちを忘れずに、何かの形でわずかながらも幸せをお裾分けできたらと願います。

この度、「ペーパームービー」の文庫化に際して、まさに十一年ぶりに本書を読み返しました。十九歳の終わりに書いた一字一句は、あまりの恥ずかしさに、なかなか読み進むことができませんでした(こんなに少ない文字数なのに!?)。あれからさして進歩もないまま、こうして加筆している私の人生……これこそ恥ずかしい事実なのでありますが、仕方がありません。けれども、あの頃、夢にも思わなかった、言葉で何かを表すということを教えてくれたのはこの本で、曲がりなりにも今でもこうして自分ののんびり歩調《リズム》で、書くことをさせてもらえているのは紛れもない幸せなのです。正直なところ、「書くことが好き」ではありません。むしろ、放っといたら何も書けません。私がうれしいのは、書くことを通して巡り合う人との出会いです。初めの一歩を一緒に飛んで下さった秋山さんを始め、こんな私に依頼をして下さる色々な編集者さん、取材先や対談などで出会う見たこともないような宝物を秘めた方々、そして、日常の中でちゃんと生きることを味わっている愛しい人たちからは、「なんで人は生きるの?」という根本を理屈よりも肌で教わることができます。

本当に開いた口が塞がらないくらい、物事を理論的に理解したり、構築することができない私ですが、不思議と私が好きになったり、気付けばまわりにいてくれる人たちは、私の持たないものをたあんと備えていらっしゃるのです。世の中、とにかく良くできています。けれども、人様に補ってもらうばかりではいけないので、これからは率先して自ら役立たせてもらう覚悟でいきたいところです。

三十一年前の今日、私は生まれました。青空がどこまでも晴れ渡る朝、夫とこどもたちが歌を贈ってくれました。家中にある紫色のペンやマーカーやクレヨンを寄せ集めて、三人で描いてくれた小さなキャンバスの絵と共に。お誕生日おめでとう……頭の中でぐるぐる巡る。確かに生まれて、ここに在る私。「ありがとう」と思わず母に告げる。夫とこどもと母が開いてくれた五人だけの宴には、久しく会っていない裕也《父》の写真も座っていました。この少しいびつな家族の風景が、なんだか無性に懐かしかったのです。

三度目のあとがき

初めて原稿用紙の升目に文字を綴り、その束を「ペーパームービー」（紙の映画）と名付けてから四半世紀が過ぎた。当時の私は大人になる一歩手前で、初めて恋に落ちた人と家族になろうと約束を交わしたばかりだった。あの頃ほどの胸の高鳴りは確かになくなってしまったけれど、あの頃と変わらず、初恋の人と同じ屋根の下で暮らしている。白髪もちらほら、笑ったり、怒ったりした通りのシワを顔に刻み、気づけば三人もこどもという人生の登場人物が増えていた。長男は二十四歳、長女は二十二歳ともう立派な大人で、随分と間があき生まれた次男は、十一歳とまだ少し手がかかる年齢だ。また、この三年ほどの間に、本書の心髄をなす母親、そして、父親を続けて見送った。こうしてみると、私は止まることのない時計の針と共に、ひたすら時を重ね、たまには一時停止したいと切願しつつも、時は待ってくれないところにこそ人生の醍醐味はあるのかもしれないと四十五歳にして今、思う。

あれから、しばし旅に出ていたこの本が、めぐりめぐって再び出発地点の朝日出版社に舞い戻り、また、てくてくあてどなく歩き始めるという。ゆえにまるでこどもを見守るように、当時のたどたどしい文章に目を通す。別に、私の言葉は時を経た今でも成長などしていないけれど、それこそ忘れかけていたラブレターが突然、本の隙間から滑り落ち、色あせた便箋を握る指先がちりちりした時のように、恥ずかしさに押しつぶされるのだ。他の誰でもない、自分が綴った言葉に「なんだよ、それ」と文句を言いつつも、「じゃ、少しはマシなこと書いてみれば？」と跳ね返され、立ちすくんでいる。

三年前の秋、私は大切な人とお別れをした。言葉を書くということを私に授け、本書を作った秋山道男氏がこの世を去った。なんだか、両親が他界したときより、身に応えた。「寂しい」という気持ちはこういうことかと思い知った。私の人生のターニングポイントに、いつもあの人はニコニコして立っていた。「これ、おもしろいよ」「それ、おいしいよ」「そこ、行ったら驚くよ」とワクワクすることを片っ端から教えてくれた。秋山さんは、世の中にあるものの魅力を発見する名人だった。あの人ほど、嬉しそうに、見つけたものを豊かに表現できる人と出会ったことがない。もはや、それこそがエンターテインメントで、A列の8番あたりの特等席を手に入れた気分で毎回、秋山さんと会っていた。とにかく誰かを喜ばせたい、そう、自分がおもしろいと心が動いたものを熱々のうちに誰かに見せたいのだ。まるで宝物を見つけたこどものように、両手の中にそっと忍《しの》ばせ、友達に見せるのが待ちきれず、息荒く足踏みが止まらないかのごとく。そして、おかしなことに、まだ中身も見ていないこちらも、にやけが止まらず胸がアップビートで張り裂けそうになってしまうのだ。

幼い頃から、当時、最先端の音や人が集まるジャズ喫茶に出入りし、やがて、映画『新宿泥棒日記』の実在のモデルとなった道男くん。本屋で美しい画集などを、黒いマントのお手製の内ポケットに忍ばせ優雅に盗んだという。もちろん、罪を犯したのは事実だが、とうに時効であるし、かの大島渚監督をインスパイアするほどに、アバンギャルドでエレガントな泥棒だったと聞くと、あれは、若かりし道男さんが企んだ伝説的なパフォーマンスだったのではないか、と舌を巻く。その後は、生涯通して兄貴と慕《した》っていた人と、テキ屋として祭りの縁日などで腕を鳴らし、若松孝二監督作品の助監督としてピンク映画の黄金時代を築く一端を担う。やがて、「スコブルコンプレックス會社」を立ち上げ、80年代に若者たちが熱狂した伝説のアイドルらの個性を際立たせるディレクションを任されたり、各有名ブランドがせめぎあっていた当時、「ノーブランド」という逆転の発想のブランド「無印良品」の立ち上げに尽力したり、はたまた、ある政党のイメージをプロデュースするお手伝いをしたり、数々の雑誌の企画や映画の制作も含め、とにかくクリエイティビティの宝庫として、独自のアイディアを惜しみなくあらゆるジャンルやシーンで発揮した唯一無二の存在なのだ。

ひとつ、うれしいことがある。それは、私を介して秋山さんと母が友達になったことだ。この二つの強烈な個性がとりわけ晩年、おいしいお蕎麦《そば》をつまみに、見たばかりの映画の話をしたり、共に持病として付き合っている癌《がん》の治療方法を医師に聞きに行ったり、平気で二人は電車に乗り、ふらつき防止で腕を組み互いを支え合いながら、遠くまででも出かけていった。

そして、もうひとつ忘れられないことがある。母が自宅で息を引き取った日、私は秋山さんに電話をかけた。心許ない気持ちを秋山さんならいつものように引っ張ってくれるはずと、無性に声が聞きたくて。すると、なんだか電話の声はいつもとまるで違い、とても細く、静かに、

「ややこちゃん、お母さんの心の中には虹がかかっているよ」

と振り絞るように勇気づけてくれた。それから、母の葬儀や諸々の手続きを終える頃、人づてに秋山さんが亡くなったことを聞いた。その瞬間、体内のブレーカーが一斉にすとんと落ちた。しかも、母が逝った数日後に、秋山さんは息を引き取ったと知った。茫然自失とは、このことだった。

親であれ、かけがえのない人であれ、命はいつか尽きる。だからこそ、その命が輝いているほんの束の間に出会い、過ごし、共に分かち合えるのは、この世の奇跡なのかもしれない。けれども、残された者は、きっと誰もが「足りなかった」と思い知るはず。時間も、その人を実感する術《すべ》も「もっとあったら」と願って止まないだろう。そういえば、「知足、足るを知ること」をよく母に教えられた。けれども今こそ、足らないことを知った上で身近な人をちゃんと愛《め》でなければ、「また時間切れになってしまう!」と、まるで屁理屈のような衝動に駆られる。

うんとむかし、十九歳だった私は、この本のあとがきに「私は恵まれている」と記していた。命が満ち足りるということが、私にとって永遠の問いかけであることを、ようやく今、気づきはじめている。

秋山道男さんに思いを馳せて

二〇二一年　三秋　　内田也哉子

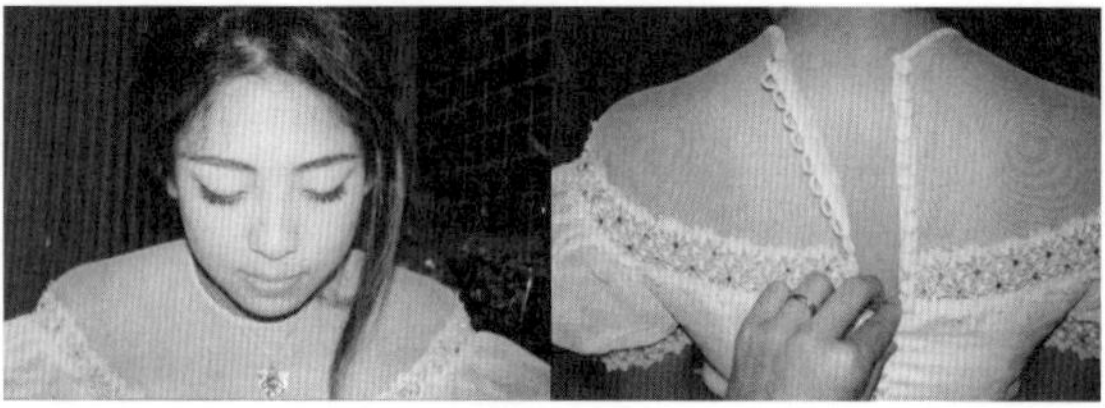

photo: M. M.

内田也哉子（うちだ・ややこ）―― 1976年東京都生まれ。樹木希林、内田裕也の一人娘として生まれ、19歳で本木雅弘と結婚する。三児の母。エッセイ、翻訳、作詞、ナレーションのほか音楽ユニットsighboatでも活動。著書に『会見記』、『BROOCH』（ともにリトルモア）、『BLANK PAGE 空っぽを満たす旅』（文藝春秋）、樹木希林との共著『9月1日 母からのバトン』（ポプラ社）、脳科学者・中野信子との共著『なんで家族を続けるの？』（文春新書）、翻訳絵本に『たいせつなこと』（フレーベル館）などがある。Eテレ「no art, no life」では語りを担当。2024年6月、戦没画学生慰霊美術館無言館の共同館主に就任。

新装版　ペーパームービー

2021年11月8日　初版第一刷発行
2024年7月29日　初版第三刷発行

著者　内田也哉子

カバーデザイン　鈴木成一デザイン室

発行者　小川洋一郎

発行所　株式会社朝日出版社
東京都千代田区西神田3-3-5　〒101-0065
電話03-3263-3321
ファックス03-5226-9599
http://www.asahipress.com/

印刷・製本　錦明印刷株式会社

ISBN978-4-255-01254-4 C0095